ぼくは「ぼく」でしか生きられない

役に立たない"人生論"

吉上恭太

かもがわ出版

はじめに　自己紹介にかえて

自己紹介をしてください、といわれるといつも戸惑ってしまう。いったいぼくは何者なのだろう？　と考え込んでしまうからだ。それで出版社のプロフィールに書いてあることを話すことになる。「東京生まれ、東京育ち、週刊誌・児童書の編集者を経て、翻訳、編集、小説の執筆など、幅広い分野で活躍」。いやいや「活躍」はしてないな。

たしかにいろいろな仕事をしてきたけれど、それが自分の職業かというと、どれもピンとこない。めぐりあった仕事をコツコツとしてきただけだった。

いつだったか、出版社のパーティーで、翻訳をしたり本の世界で働きたいという希望を持った若い人に声をかけられた。「いろんな仕事をされていますが、どうやったらそんなふうにできるんですか？」と聞かれた。

当時は少女漫画の原作を書いていて、ぼくの原作がミュージカルやテレビアニメになるなど、いちばん華やかな世界に近かったときだったのかもしれない。それでもぼくはあくまでも裏方の仕事をしているつもりだったし、人に憧れを持たれることをしているとは思っていなかった。

だから、「目の前にやってきた仕事を一生懸命やることです」となんともつまらない答えしかできなかった。「ぼくがやってきたことは、ぼくが出会った仕事で、きっとあなたにはあなたが出会う仕事があるはずですよ」

なんか、えらそうだなあ。ようするにぼくは成り行きでやってきただけなのに。

いままでの仕事をあげてみると、少女漫画は、主に芳村杏というペンネームで原作を書いていた。『超くせになりそう♡』（なかの弥生）『うぇるかむ！』（あゆみゆい）など6作品、いまでも電子書籍で読めるようだ。少女小説は『ムーンライトシンデレラ――月下美人』（ひうらさとる／イラスト）、『うぇるかむ！』（あゆみゆい／イラスト）の2作があって、どちらも漫画をノベライズしたものだ。

現在は、絵本を中心に翻訳の仕事をしている。『ひとりぼっちのかいぶつといしのうさぎ』（クリス・ウォーメル／作・絵、徳間書店）『ちゃんとたべなさい』（ケス・グレイ／文、ニック・シャラット／絵、小峰書店）ほか多数ある。

本に関するエッセイを集めた『ときには積ん読の日々』（トマソン社）を出版してもらったこともあった。

それからまったく仕事にはなっていないが、音楽もやっていて、セカンドアルバム『ある日の続き』は有名音楽雑誌に紹介されたことがある。これは唯一の自慢かなあ。でも、まったく売れなかった。

もう少しくわしくぼくのことを話そう。

ぼくが生まれたのは1957年だ。

そのころの日本は、戦争が終わって12年。前年の経済白書に「もはや戦後ではない」と書かれて戦後の復興が終わり、未来への希望が湧いていた時代だった。両親が亡くなったとき、遺品の中に数枚の写真があった。おそらく20代だろう。ぼくが生まれるちょっと前の写真かもしれない。

ぼくは、その写真が好きだ。学生結婚でけっして裕福ではない、若い夫婦。なんていい笑顔をしているのだろう。まるで未来への不安など何もないようだ。屈託のないふたりの笑顔は希望に満ちている。

ぼくは、こんな笑顔を見せたことがあるんだろうか？　こんな幸せな夫婦のもとに、ぼくは生を享けたのだ。

世界は新しい時代に向かって動き出していた。アメリカではロックンロールが生まれた。1955年、ビル・ヘイリーとヒズ・コメッツの「Rock Around The Clock」が大ヒット。そして、エルビス・プレスリーがメジャーデビューしたのもこの年だ。ビートルズが登場するのは、もうちょっと待たなければならなかったけれど。

ミーハーだった母は当時流行っていたジャズ喫茶に行って、ロカビリーを聴いていたらしい。いったいだれのステージを見たのだろう。〝和製プレスリー〟小坂一也だったのかな。日劇ウェスタンカーニバルにも行ったことがあるといっていた。ぼくは母のお腹の中でロックンロールを聴いていたのかもしれない。

1950年代の後半といえばブラジルでは、ジョアン・ジルベルトやアントニオ・カルロス・ジョビンといった、リオデジャネイロの若いミュージシャンによってボサノヴァが創り出された。

ロックンロールとボサノヴァ、このふたつはぼくの人生にとって大きな存在となったのだけれど、生まれた年と関係があるのかもしれない。

とにかく大好きな音楽と同じ時代に生まれて、いっしょに年をとれて、幸せだと思っている。

だからといってぼくはロックスターでもないし、ジョアンのようにギターを弾けるわけでもない。ギターを弾いて、歌をうたうことはあっても自分のことをミュージシャンと名乗るのもはばかられる。人生は、そんなにうまくいかないものだ。

高校生になって、周囲は熱心に受験勉強をやっているのに、ぼくときたら、勉強がからきしだめで、ボーッとギターばかり弾いていた。それはいまも変わらないのだけど。ぼくはいままでずっとボーッとして生きてきたみたいだ。

音楽仲間が働いている電気店でアルバイトをしながら、ギターを弾いていた。友人に誘われて音楽プロダクションに行ったこともある。その友人とスタジオに行き、「売れる曲」を作ろうとした。でもそのときのぼくには音楽を作ることやギターを弾くことと、仕事は結びつかなかったし、プロになる強い思いもなかった。

プロデューサー的な才能がある友人は、「売れそうな」曲を作っていた。でも、ぼくはどうしてもその曲が好きになれなかった。そんな空気はすぐに伝わるもので、プロダクションの人に「やる気がないなら、やめちまえ」とはっきりといわれてしまった。

その後、その友人はバンドを結成した。ある日、深夜にテレビをつけると、女性ボーカルのうしろでベースを弾く友人を見つけた。深夜ではあったが友人のバンドはレギュラー出演しているようだった。

ぼくのほうは相変わらずアルバイトの日々だった。電気屋さんで冷蔵庫を運んだり、屋根に上ってアンテナ取りつけの補助をしたりしていた。将来のことなど考えていなかったし、未来なんかどうでもよかったのかもしれない。仕事はきらいじゃなかったけれど、高所恐怖症だったから、アンテナつけはやりたくなかった。それに電気屋で正式に雇ってもらえるとは思えなかった。小さな店だったから、そんな余裕はないのはわかっていた。ずっとこのまま、何をどうしたらいいのかわからずに、アルバイトをしながら、部屋にこもってギターを弾いてるんだろうな、と思っていた。

電気屋でのアルバイトも終わって、どうしようかと思っているとき、新しいアルバイトの声がかかった。野球雑誌の編集部での雑用係だった。

人生なんてどんなことが起きるか、わからないもんだ。このアルバイトはぼくの転機になった。そこで出会った人たちによって、ぼくの人生はがらりと変わった。

自分で人生を変えようなんて思わなかった。というか、どうしていいかわからなかった、というのが本当のところだ。どんな人になろうとか、どんな職業に就こうとか、一生の仕事とか、まったく考えられなかった。志なんてものもなかった。

だけど、人生は向こうのほうからやってきた。生きていれば、おもしろいことに出会うし、おもしろい人に出会うし、おもしろいことだってできるのだと思う。いやなことだってたくさんあるし、人を好きになったりきらいになったり、辛いことだってあるし、楽しいことだってある。

出世とか成功とか、まったく縁がなかったけれど、こうして振り返ってみるとおもしろい人生だった。いや、人生はまだ終わっていないけれど。

野球雑誌でアルバイトを始めたことで、ぼくは原稿を書くことを教わった。それまでは原稿用紙の使い方も知らなかった。それだけじゃない。ものを考えることを覚えて、その考えを形にしていくことを覚えた。自分が優秀かどうかなんてわからないけれど（たぶん、ちっとも優秀じゃない）、仕事をしながら、自分の居場所を見つけていった。けっして勝ち取ったわけではないと思う。周囲が受け入れてくれるようになっただけだ。ジタバタしているうちに、周囲の人たちがぼくの居場所を作ってくれるようになった。それまでは自分の周囲の小さな世界にこもっていたけれど、いろいろな人と出会うことで新しい世界に行くことができた。出会ったのは、いい人ばかりじゃない、いやな人、困った人もたくさんいたけれど、それが世界なのだ、ということを知った。


夢が叶うなんて、めったにないこと。身を焦がすような恋をしても、破れるのが常だったし、順調だったはずの仕事だって、いつかはなくなってしまうものだ。

夢に破れても、また新しい夢を見ればいい。そうやって生きている。どんなに些細な、小さい夢でもいいんじゃないか、と自分にいい聞かせながら。小さくても大きくても夢を見ることが大切なのだから。

ぼくは「ぼく」でしか生きられない――役に立たない〝人生論〟　目次

絵本との出会い　107

ライフ・ゴーズ・オン　133

装画　山川直人

装幀　土屋みづほ

ポンコツの日々

ポンコツの日々

もう50年近く前のことになるけれど、ぼくは都立新宿高校に入学した。

ぼくのポンコツ人生の始まりだった。

私立の幼稚園から大学までの一貫校に通っていたので、高校、大学までそれほど苦労せずに進学することができるはずだった。でも親や先生たちからは都立高校に進学することを勧められた。ぼくも都立高校がどういうところなのか、とくに何も考えずに受験した。で、たまたま合格したわけだ。

都立高校を受験したのは、それまでの中学校生活が窮屈だったせいもある。課外授業が盛んで生徒会やさまざまな合宿があって、とにかく一年中忙しかった。

ぼくは外面がいいというか、学校ではまじめで通っていて、いろいろな役職をやることになっていた。というか、おしつけられた。

夏の臨海合宿では、リーダーとして下級生に注意したり、たまに叱責することもあった。集合時間に遅刻したとか、廊下を走ったとか、よけいなおしゃべりをしたとか……頭の中では「そんなこと、どうでもいいじゃん」と思うこともあったけれど、とりあえず理想的なリーダー像を演じていたわけだ。

中学は自由な気風の学校で有名だったけれど、合宿などでは規律が重んじられていた。規律とか規則とか苦手なぼくはときどきリーダー的な役割に疲れて、どうしても学校に行きたくなくなってしまう。そんなときは、部屋に閉じこもって一日中本を読んでいた。学校が好きだったことなんていちどもなかった。いちどでいいから、青春ドラマのような学校生活を送ってみたかったなあ。

先生にとっては、何を考えているかわからなくて扱いに困る生徒だったらしい。中学1年生のとき、様子がよほどおかしかったらしく、担任の先生が友人たちに「あいつはシンナーでもやっているんじゃないか」といったこともあったらしい。世の中はシンナー遊びが流行っていた。そんなに気になるなら、ぼくに直接聞けばいいのにね。

2年生のとき、卒業を控えたまじめな先輩から、「うちの高校は、だいぶダラけているようだから、おれたちできちんとした学校にしよう」と声をかけられたことがあった。

いやいや、そんなこと、まっぴらごめん、まじめな生徒のふりをする学校生活はもうこりごりだった。そんなこともあって都立の高校を受験することにした。入学試験ではさほどいい点数は取れなかったと思ったが、どういうわけか合格してしまった。

都立新宿高校に入学したぼくは、入学式の日からカルチャーショックを受けることになった。

ぼくが通っていた私立中学は小さかった。中学3年生は1クラスしかなくて生徒数は40人足らずだった。中学校全員の顔だって覚えているくらいだ。

それが新宿高校は1学年8クラス、300人以上の生徒が入学式に集まった。こんなにたくさんの学生を見たことがなかったし、自分がどこの列に並べばいいのかも戸惑った。それにぼくをのぞく全員が、男子も女子も黒い学生服を着ていた。校則で制服はなかったが、当時は「標準服」といわれていた。入学式の会場だった体育館は真っ黒けだった。体育館は独特な汗の匂いが充満していて、吐き気がした。

学生服を持っていなかったぼくが紺色のブレザーを着て、居心地の悪い気持ちで並んでいると、うしろからトントンと肩をたたかれた。ふりむくと背の高いニキビヅラの男がニヤニヤとしていた。

「きみ、だぶり？」

「だぶり」という単語がよくわからず、キョトンとしていると、「2回目の1年生なんだろ？」という。

「だぶり」というのは「留年」のことのようだ。背の高いニキビヅラは学生服のいちばん上のボタンをはずしていて貫禄十分、だぶっているのはどっちなんだよ、といいたかった。

アズマと名乗った背高のっぽといっしょに教室に入り、初日のオリエンテーションを受けた。アズマくんのおかげでなんとか無事に一日を終えることができた。

アズマくんはいろいろと話しかけてくれたような気がするが、あまりよく覚えていない。覚えているのは「だぶり」ともうひとつ。

「きみ、ウンチだろ？」

アズマくんはにやけた顔をいっそうにやけさせていった。

「ウンチって？」

いきなり排泄物扱いをされて、ちょっとムッとした。

「ちょっと見た感じ、運動はだめそうだものな」

なるほど運動音痴のことなのか。たしかにスポーツは苦手だった。

授業が始まってすぐにわかったのだけれど、勉強がだめで、スポーツも苦手となると高校での学生生活はけっこう辛い。というか地獄だ。中学校では、優秀とはいえなくても、そこそこ成績は悪くなかったのに、高校での授業はまったく歯が立たなかった。数学、物理、化学の授業ではいったい何を話しているのかさえわからなかった。

　このときにきちんと努力をすればよかったのだろうが、「高校生になったらまじめはやめよう」とおかしなことを決意していたものだから、その後はひどいものだった。それから3年間というもの、授業で先生に指名されないかとビクビク怯(おび)えながら授業を受けることになった。

　化学の授業だった。運悪く指名されて立ち尽くしているぼくに、小声で答えを教えてくれた隣の席の山市くん、ほんとうにありがとう！　半世紀たったいまでも感謝している。それから担任の豊原先生は、いつも赤点をとっているぼくを職員室に呼び出して、「おまえはバカじゃないんだけどなあ」と困った顔をしながら、それでも進級できるようにしてくれたようだった。

　成績が悪くてスポーツも苦手、もちろん女の子にももてない。そんなぼくの楽しみは音楽、ギターを弾くことだった。

　ちなみに音楽の授業の成績はいつもよかった。でも、それは軽音楽同好会に所属していたご褒美のようなものだったんだと思う。

音楽の野村満男先生はおもしろい先生だった。いまでもチェンバロ研究・製作者として活躍していて、音楽準備室には作りかけのチェンバロが置いてあった。授業は、リコーダーでヘンデルの曲を吹くこと。そして自由研究があった。自由研究は作曲、楽器演奏など、とにかく音楽が関係していればなんでもよかった。ぼくは同級生といっしょにギターを弾いた。それだけで成績は5をつけてくれた。

そういえば、坂本龍一の授業を受けたこともあった。あるとき、野村先生が教育実習に来た芸大生を紹介した。それが坂本龍一だった。と、ずいぶんあとになってそれを知ったのだけど。あのときはYMOなんて影も形もないし、長髪、無精髭(ぶしょうひげ)で、ボソボソと小さな声で話す変わった人としか思えなかった。ぼくの覚えているかぎり授業の内容は、現代音楽を流しただけだったかな。もしかしたら自分が作曲した曲だったのかもしれない。

「きみたち、これから楽器を学ぶならば、決まった音程しか出せない楽器はやめたほうがいい。ピアノはつまらないよ。ギターならば、少しはおもしろいかな」というようなことをいっていたのを覚えている。

学園祭では、管弦楽部は坂本龍一が作曲した現代音楽を演奏した。「偶然性音楽」という曲で図形楽譜を使ったらしい。ぼくは聴きに行ったのかなあ。はっきりとは覚えていない。

授業が終わると、ぼくはすぐに新宿駅に向かうことにしていた。どこのクラブにも所属しない、いわゆる帰宅部っていうやつだ。1年生になったばかりで授業をさぼる勇気がなく、新宿の街をほっつき歩くにしてもどこに行ったらいいか、まだわからなかった。新宿高校の通学路だった新宿南口のあたりはパチンコ屋や飲み屋が並んでいて、昼とはいってもネオン街を歩きまわるのがこわかった。

グラウンドからは、テニス部や陸上部など運動部のかけ声が響いてくる。ぼくはいかにも学園もののドラマに出てきそうな青春の響きに背を向けるように、駅へ急いだ。

その日も帰ろうとしていたら、どこかの教室からサックスの音が聞こえた。サックスのことはよくわからないが、ひどい音だった。ソニー・ロリンズで有名な「Moritat」のメロディを吹いているのだが、ときおり「ブヒッ」とブタのおならのような音がした。

ぼくは、なんだかその音に惹かれた。いったいどこから聞こえてくるんだろう? 音が聞こえてくる教室をさがした。2年生の教室だった。ドアは開いていたので、おそるおそるのぞいてみた。

サックスを吹いているのは、増山さんという高校2年生だった。おっちゃんぽくて、とても高校生には見えない。増山さんは、ぼくに気づくとサックスを吹くのをやめてじろりとにらんだ。

「なんだ？　入部するのか？」

ぼくは逃げ帰ろうと思ったが、増山さんの目力は強くて帰るわけにいかなくなった。思わず「はい」と答えてしまった。

教室には、あとふたりの2年生がいた。ひとりは長髪でするどい目をしてドラムスティックを持っていた。ドラムスをセッティングしていたようだ。

もうひとりはワイシャツを着て、人の良さそうな長身の人だった。

「楽器は何か弾くの？」

ワイシャツの人はまともそうな人だったので、ぼくは安心した。

「あ、はい、ギターを弾きます」

「それなら、ギターを借りてやるから、ちょっと弾いてよ」

ワイシャツはすぐに教室から出ていった。

こうなるとさらにこのまま帰るわけにはいかなくなった。

教室にフェンダーのテレキャスターと小さなアンプが用意された。いかにもロック少年ふうの、細身で長身の2年生が運んでくれた。

ぼくはギターを持つとレッスンで習ったばかりのブルースのコードを弾いた。

「おお、きみ、ジャズを習っている？」

ワイシャツがうれしそうな声を上げた。

ぼくは中学生のころから、ギターのレッスンを受けていた。親戚に伊勢昌之というジャズギタリストがいて、日曜日の午後に1時間ほど、基礎的な音楽理論とギターの奏法を習った。

当時は、もちろんYouTubeなどないし、ジャズギターの教本も少なかった。ジャズの和音を知っている高校生は少なかったし、だいたいジャズギターを弾こうという人もいなかった。

ぼくはレッスンに通っていることと、ジャズはまったくの初心者だということを伝えた。

サックスがぼそりといった。

「じゃあ、軽音同好会に入ったということでいいな。といっても練習日があるわけじゃないし、部室もない。音楽室が空いていれば使ってもかまわない」

ワイシャツは、これから管弦楽部の練習があるからと教室を出て行った。

ドラムスのセッティングを終えた長髪は、ぼくのことを気にするでもなく練習を始めた。あとで知ったことだが、渡嘉敷祐一さんといって当時すでにジャズドラマーとして仕事をしていた。いまでは超一流ドラマーとして第一線で活躍している。

増山さんは、サックスは素人が聴いていてもうまくはなかったけれど、ジャズへの想いは熱いものがあった。いつも音楽の話をしていて、おもしろいレコードを教えてくれた。というか、ぼくは増山さんの話の中に出てくるレコードをさがして聴いていた。

こんなふうにして、ぼくは軽音楽同好会に所属することになった。だんだん新宿の街に慣れてきて授業をさぼるようにはなったけれど、放課後には学校に行くようになった。

何年か前に初めてクラス会にいったとき、ぼくの印象は「いつもギターを持っていたよね」だった。

劣等生のぼくが高校を中退しないですんだのは、「ギターを弾いていたい」という気持ちがあったからかもしれない。

夢と現実

軽音楽同好会に入部したぼくは、とりあえず学校に行くようになった。毎日のように遅刻はするし、授業をエスケープするのはしょっちゅうだったけれど、放課後には学校に戻っていた。高校の3年間は授業にほとんど出ずに新宿の街をほっつき歩いて、放課後になって登校するという生活を送っていた。

軽音楽同好会は正式なクラブではないので、学校から活動費をもらっていない。顧問には、音楽の野村先生がなってくれていた。練習日がとくに決まっているわけではないようだったし、部員（会員）が何人いるのかもわからなかった。

そんな同好会だから、もちろん部室はなくて、ほかの正式なクラブ、つまり管弦楽部や合唱部が使っていなければ音楽室を使えることになっていた。ほかの日に練習をしたければ空いている教室を使うしかない。

いつも練習しているのは、渡嘉敷さんだけだった。音楽室が空いていれば音楽室で、空いていなければ教室を使って、ひとりでドラムを叩いていた。学校で基礎的な練習をしてからドラム教室に行くか、そのまま音楽の仕事に行っているらしい。

ぼくはといえば、サックスの増山さんや渡嘉敷さんといっしょに練習してはいたものの、相変わらずへたくそで、ジャズギターといってもバッキング（伴奏）をするのがやっとのことだった。

「おまえのソロ、いつも同じだな。バカのひとつおぼえみたいだ」

増山さんに注意されても、ほかのフレーズを弾けないのだからしかたがない。

ギターの先生だった伊勢昌之さんに「ソロを弾くにはどうしたらいい？」と聞いたことがあったけれど、伊勢さんには、「本当に弾きたくなれば弾けるようになる。いまは基礎的なことを練習しなさい」とつっぱねられてしまった。

あとになってその言葉の意味がわかるようになったけれど、ぼくはギターでも劣等生だったんだなあ。

ギターのソロはできなくても、コードをたくさん知っているのが重宝だったらしく、とくにピアノが使えない場所ではコードだけ弾いてくれればいいから、とほかの学校のクラブからも声がかかるようになった。

でもきっと高校時代にぼくがどんなギターを弾いていたかなんて、覚えている人なんかいないと思う。

高校に入ってまず驚いたのは、ギターがうまい人がたくさんいること。ロックに関しては、レコードそっくりに弾く人がこんなにいるなんて信じられなかった。とくに2年生から同じクラスになった立花くんは、たぶん東京の高校生の中でいちばんうまいギタリストだったんじゃないかと思う。

立花くんは、当時流行っていたバンド、レッド・ツェッペリンのジミー・ペイジのギターをすべて弾くことができたし、クリームの「クロスロード」という難曲も完璧に弾いていた。なんでも夜中に布団をかぶって、音を出さないようにして徹夜で練習をしていたらしい。

ゆるい活動をしていた軽音楽同好会だったが、学園祭が近づくと何組かのバンドが結成される。幽霊部員だった連中がこのときだけは活動するわけだ。ただ軽音楽同好会に所属していないバンドもたくさんあるから、だれが本当に部員なのかはわからない。9月になると、どの教室からもエレキギターの爆音が聞こえてくるようになる。たいていがレッド・ツェッペリンの「移民の歌」か「胸いっぱいの愛を」だったな。

軽音楽同好会に参加している唯一のメリットは、1階にある食堂ホールで演奏できることだった。

よく覚えているのは、2年生のときの学園祭のコンサートだ。

ぼくはサックスの増山さんを中心としたフリージャズのバンドに入れてもらって、食堂ホールでのコンサートに出してもらった。このときのメンバーには渡嘉敷さん、東京芸術大学の作曲科に進んだ南さんというピアニスト、あとは都立戸山高校のジャズ研究会のトランペットの人がいたかもしれない。

フリージャズといっても、ようするにデタラメなメロディーを弾くだけだった。ぼくはずいぶんあとにノイズのバンドをすることになるが、高校生のときから同じようなことをやっていたのだな。

あれ、このころの新宿高校には中島くんという名ピアニストがいたのだけど、なぜこのコンサートに出なかったのだろう？

中島くんは、クラシックピアノをきちんと学んでいて基礎がきちんとしていた。中島くんも2年生のクラス替えのときから同じクラスになって、立花くんと3人でよくバカをやっていた。

そうだ、中島くんの才能が開花するのは、3年生になってからだったかもしれない。

ジャズピアノでは、バド・パウエルの研究をしていたし、ロックでは当時大人気のエマーソン、レイク&パーマーの曲をコピーしていた。3年生のコンサートでは、『展覧会の絵』という人気のアルバムをコピーして全曲演奏した。

このコンサートのメインは、なんといっても立花くん率いるレッド・ツェッペリンのコピーバンドだった。ドラムは大学生だったし、ベースはもうプロとして活動している人だった。学校はもちろん年齢もバラバラだった。そんなこともあって、学園祭担当の先生に目をつけられたのかもしれない。

セットリストはレッド・ツェッペリンのファーストから当時の最新アルバム『聖なる館』まで「天国への階段」「ブラック・ドッグ」「グッド・タイムズ・バッド・タイムズ」「オーシャン」などヒット曲満載で、食堂ホールは名ギタリスト立花くんの噂を聞いて集まったお客さんでいっぱいだった。

会場は大盛り上がりで、ラストの曲「コミュニケイション・ブレイクダウン」のときだった。ボーカルがシャウトしたとき、いきなり電源が落とされて演奏が止まった。学園祭の担当教師が電源プラグを引っこ抜いたからだった。

「演奏は午後4時までだ!」とヒステリックに怒鳴るとホールを出て行った。時計を見ると午後4時1分だった。

最後の1曲が中途半端のまま、コンサートは終わった。

ふだんは無口で静かなこの先生は、大学時代、学生運動組織の書記長を務めていた人物だったらしい。このときから、ぼくは学生運動を信用しなくなった。

その後、この先生と廊下ですれちがうことあった。ぼくが礼儀正しくおじぎをすると、先生のほうがコソコソと足早に去ってしまった。


3年生になると、そろそろ受験が現実的になってくる。当時、新宿高校の東京大学や早稲田、慶應などの有名な大学への進学率は、昔に比べるとかなり悪くなっていたらしい。それでもほとんどの生徒たちが大学に進学していたし、もちろん優秀な生徒もたくさんいた。クラスでも受験の話題が多くなってきた。ぼくはというと大学に進学するというイメージがわかず、あいかわらずギターを弾いてボーッと過ごしていた。

両親はふたりとも早稲田大学出身で、「早稲田大学友情幻想」を持っていたようだ。とくに父親は、ぼくに早稲田大学に行って友だちをたくさん作れ、というような意味のことをいい続けていた。

そうはいっても、現実的にぼくの学力では受験するのだって無理だろう。大学進学をいい加減に考えていたわけではないが、考えれば考えるほどわからなくなった。

周囲の友人たちが当然のように進学を考えて受験勉強をするようになると、ますます取り残された気分になった。

ぼんやりギターを弾いているだけでは生きていけない。そんな当たり前のことがぼくにはわからなかった。


立花くんはその後、音楽大学に進学してピアノ調律師になっていたが、再び勉強をしていまではオペラ歌手になっている。

中島くんは大学でジャズを続けて、大きな企業に就職したが退職後、ジャズピアニストとして毎晩のように演奏をしている。

それぞれが夢を生きている。

永遠の夏休み

Tシャツを着ていたのを覚えているから、もう夏になっていたのだと思う。ぼくは経堂にあった「丹桟（ニザン）」という喫茶店にいた。高校生のころから通っていた店だ。深煎りで苦目のコーヒー、いつもジャズを中心にしたレコードが流れていた。

ぼくは高校を卒業して、友人たちといっしょに予備校に通っていた。とくに志望校もなく、本当に進学したいのかもはっきりしないから、受験勉強に力が入るはずもなかった。ひとつだけ受けた大学には当然のこと、入れなかった。どうもこのへんの記憶があいまいではっきりしない。

ぼくは予備校で知り合った大石くんとテーブルに向かい合って座っていた。大石くんは和光大学に入ってから、音楽クラブのメンバーを中心にしたロックバンドのマネージャーをしていた。ライブの企画やレコード会社への売りこみをしていたようだった。

「ぜひ、会ってほしい人がいるんだけど、どうかな？　できれば音楽のことでいろいろアドバイスしてほしいんだ」

大石くんはいっぱしのマネージャーのような口調でいった。まるでビジネスの話をしているようだった。

音楽のアドバイスといわれても、ぼくはどうしたらいいかよくわからなかった。それに大石くんはぼくのギターを聞いたこともなかったはずだ。

でも、高校を卒業してから何もせずに毎日を過ごしていたぼくは、何かをしたほうがいいだろう、とは思っていた。ときどきアルバイトはしていたが、家にひきこもりがちだったので、社会性はまったくなかったころだ。

それから数日してから、大石くんとぼくは深水無門さんというシンガー&ソングライターに会うことになった。ぼくがひとりで訪ねていったのかもしれない。

深水さんはぼくより3歳ほど歳上で、そのときは和光大学を中退していたが、音楽活動は大学のクラブで知り合った仲間といっしょにやっていた。部屋を訪ねると大きなオーディオセットが置いてあった。かなりのマニアのようだった。アルバイトをしている電気店では、その知識を活かしてオーディオを担当していた。

「何か弾いてみて」というリクエストにこたえて、ぼくはアントニオ・カルロス・ジョビンが作曲した「ウェイブ」という曲を弾いた。ちょっと変わったコード進行がおもしろくて、気に入っていた曲だった。ちょうどジョアン・ジルベルトが『イマージュの部屋』というアルバムをリリースしたころで、深水さんもアルバムに収録されていた「ウェイブ」を知っていた。

深水さんはぼくが弾く和音が気に入ったようで、一つひとつの和音の押さえ方を聞いた。たぶん、ぼくの和音の知識が深水さんの作曲にプラスになると思ったんだろう。どうやらオーディションに合格したようだった。

それからは、深水さんの部屋に行ってはギターを弾くようになった。深水さんがオリジナル曲を弾いて、ぼくはそれに合わせて和音を弾いて曲に味つけをしていった。そうやって曲が完成していくのは、いままでに経験したことのない楽しさだった。

深水さんが作った曲は、いわゆるロックでもなかったしフォークともちがう。いっしょにギターを弾きながら意外な曲の展開に驚いたり、ときにはデタラメだなあ、と思うこともあったのだけど、それがとても新鮮だった。ぼくが複雑な和音を弾いても、深水さんはいやな顔をせずに気に入ってくれた。

いままではギターを弾くことは好きだったけれど、ほんの少しジャズの知識はあっても、ジャズにのめりこむこともなく、ロックは好きだったけれどギターヒーローになるようなテクニックもないし、そこまで夢中になれなかった。プロを目指している友人に声をかけられて、芸能プロダクションのスタジオに行ったこともあった。でも友人が作った曲がしっくりこなくて、しぶしぶ弾いているとプロダクションの人の逆鱗に触れて、「やる気がないんだったらやめろ！」とすぐにクビになってしまったこともあった。

ぼくは深水さんとの音楽作りに熱中した。自分のギターの音が必要とされていることが、なによりうれしかった。

夕方に深水さんの部屋に行って、夜遅くまでギターを弾く。ときには深夜まで弾いて、疲れるとレコードを聴く。朝方になって深水さんの車で出かけることもあった。部屋で録音した曲を聴きながらのドライブだった。

そんなことをしながら時間が過ぎていった。

大学を受験することもなく、ブラブラするだけの生活を送っていたぼくは、将来のことなど何も決められず悶々（もんもん）としていた。

深水さんといっしょに音楽を作る時間だけは、鬱屈した気持ちを忘れることができた。まるで夏休みがずっと続いているようだった。

だが、永遠だと思っていた夏休みも終わりに近づいていた。

ある日、いつものようにギターを持って深水さんの部屋に行くと、深水さんが何か決心をしたようなまじめな顔をしていた。

「ライブを予定している」といった。場所は下北沢のロフトというライブハウスだった。高校の学園祭しか知らないぼくにとっては、かなり敷居が高いライブハウスだ。

バンドのメンバーも豪華だった。横澤龍太郎（ドラムス）、盛山キンタ（ベース）、清水信之（キーボード）、小川美潮（コーラス）という、それぞれがすでにプロとして活躍しているミュージシャンだった。

こんなすごいバンドでプレーするのは、草野球の選手がいきなりメジャーリーグのチームに入るようなものだ。部屋で深水さんとギターを弾いているのとはわけがちがう。

スタジオに入っての数回の練習でも、緊張で自分が何を弾いたのかもよく覚えていない。ギターでソロを弾くなど、とてもじゃないができない。ソロのパートが来ると胃がキリキリと痛んだ。深水さんもバンドのメンバーも、「もっとハデに弾きなよ」といった具合にいうだけで、はっきりとダメ出しはしなかった。

あっというまに本番の日が来た。下北沢ロフトは満員だった。対バンは、メジャーデビューはしていなかったが、東京では人気が上っていた「チャクラ」だった。横澤さんがドラム、小川美潮さんがボーカル、ギターに板倉文さんという超絶テクニックを持ったバンドだった。

客席には、細野晴臣さんの姿も見えた。ちょうどYMOを始めたところだっただろうか。深水さんは、少し前から細野さんの運転手をするようになっていた。ボーカリストをさがしていた細野さんは、深水さんの声にも注目していたらしい。

チャクラの演奏に圧倒されたまま、ぼくはメンバーとともにステージに向かった。ステージでのことはあまり覚えていないけれど、膝ががくがくしていた。いつもは右足で踏んでいるボリュームペダルを左足で踏んだり、タイミングをまちがえたのは覚えている。それからコーラスをしていた小川美潮さんに足を踏まれたっけ。

あとでテープを聴くと、地味だけれど、それほどひどい演奏ではなかったのでホッとした。

下北沢ロフトでのライブが終わって、ぼくに残ったのは、ステージをやり遂げた充実感と失望感だった。プロとして活躍している人たちとの差があまりにも大きくて、とても追いつけないと思った。

楽しく長い夏休みが終わった。

夢の残骸をひろいあつめて

秋に向かうボストンは快適だった。空気が澄んでいて、青い空、気持ちのいい風がふいていた。古い街並みを歩いたり、小さなレコードショップをのぞいたり、小澤征爾が指揮をするボストン交響楽団のコンサートにも行った。

ぼくはボストンにある学校に通っていた。

下北沢のライブを終えてから、ぼくは抜け殻のようになっていた。バンドのメンバーたちは、それぞれの音楽活動にもどって忙しそうだった。深水さんは、つぎのステップとしてチャクラや、ホールド・アップというメジャーデビューを控えたバンドといっしょにいくつかのライブに参加していた。

ぼくのあまりの腑抜けぶりを心配したのだろう。両親はアメリカに行くことを提案して、知り合いの旅行会社に学校を紹介してもらっていた。

その学校はプレップスクールといって、日本でいう予備校のようなものらしい。学校はボストンにあった。ちょうどボストンを本拠地とするボストン・レッドソックスがニューヨーク・ヤンキースと東地区の首位争いをしていた。まったくいい気なものだと思うけれど、メジャーリーグに興味があったぼくは、ボストン行きに心を動かされた。

それが9月の終わりだった。ボストンに着くと、旅行会社が紹介してくれたアパートに向かった。チャールズ川に近い場所にある5階建ての古いアパートメントの寮だった。主に外国人の学生が滞在していた。

管理人の若夫婦に案内されて、部屋に入るとさらにベッドルームが2室あって、それぞれに小さなデスクが置いてあった。

ぼくのルームメイトは、アフリカのコンゴから来たガッドウィンさんといった。政府から派遣されて留学しているという。ガッドウィンさんは、とても早口で聞き取れない英語であいさつをすると、さっさと自分のベッドルームにひっこんでしまった。

ガッドウィンさんは国の命を受けている責任からかプレッシャーからか、ひたすら勉強をしていた。朝早くに学校に行って、遅くまで帰ってこない。ぼくが散歩に出ようとすると「ゴーインアウト？　グッド！」といって、うらやましそうにベッドルームに戻っていく。ほとんど会話らしい会話は最後までできなかった。

寮に住んでいるのは、メキシコ、ベネズエラなどのラテンアメリカの人が多かった。ヨーロッパからはオーストリア、アフリカからはコンゴ、ナイジェリア、あとインド、パキスタン、インドネシア、ベトナムとさまざまな国から人が集まっていた。日本人も3人いて、ボストン大学に通っていているマサオさん、プレップスクールに通っているヨシさん、ぼくといっしょのプレップスクールの語学コースに通う経理士をしているヒデオさんがいた。

ボストンでの生活はそれなりに充実していた。朝10時に学校に行って、授業を受ける。午後2時に授業が終わると、あとはのんびりしていた。毎日のようにテストがあったけれど、高校のときにくらべれば楽だった。成績もよかったけれど、それはペーパーテストの結果であって、英語ができるようになったわけではない。

つたない英語なので深い話をするのはむずかしかったけれど、いろいろな国の人と話すのはおもしろかった。とくにラテンアメリカの人たちは人懐こくて、ぼくにも気軽に話しかけてくれた。

寮に入ってすぐに、メキシコ人のエラズモさんが中心になって歓迎パーティーを開いてくれた。みんな、パーティー好きらしく、ぼくの歓迎会にかこつけて騒ぎたかったみたいだった。ぼくのことよりも酒を飲みながら踊ったり歌ったりするのに夢中だった。料理は手製のメキシコ料理で、タコスなどがならんでいた。

アレックスというペルーの青年が、グリーンチリがたっぷりかかった海鮮料理をすすめてくれた。海老を使ったオードブルだったかな。

「ちょっとホットだけど美味しいよ」

ぼくはおそるおそる口にした。食べたときはそれほど辛くは感じない。だがだんだん舌がしびれるような辛さが押し寄せてきた。思わず顔をしかめると、そのときのアレックスは「してやったり」という顔で「ね、うまいだろ」とにっこりした。

たしかに美味しかったけれど、翌日がたいへんだった。ぼくは腹を抱えて何度もトイレに通うことになった。

アレックスはいつも歌を口ずさんでいる明るい青年だったが、いつだったか家族のことを話してくれたことがあった。従兄弟がブラジルとの国境ぞいを歩いていたとき、向こう側の兵士から銃を撃たれて大怪我をしたことがあると顔を曇らせた。島国の日本に住んでいるせいか、いままで国境という認識がなかった。実際に国と国を分ける境界があって、実際にそこに暮らしている生身の人の問題を知らされた。

通っていた語学クラスでも、国籍も年齢もちがういろいろな人々がいて、それぞれの人生や生活のことを知ることができたのだ。英語の上達は心もとなかったが、それがなによりの勉強だった。

イランから来た学生たちはみんな裕福で、いつも景気のいい話を聞かされていた。あるとき窓から見えた大きな車を指差して「こんど、あの車を買ってもらうんだよ」と得意そうにしている、という具合だ。

ところがイラン革命が起きた。亡命中だったホメイニーを精神的指導者とするイスラム教シーア派のイスラム教勢力が、親欧米専制を敷いていたパーレビ国王から政権を奪取した。

イランからの送金が途絶えたときの彼らのパニックぶりはたいへんなものだった。ぼんくらのぼくは、それがいかに大変なことなのかすぐに理解できなかった。あれから彼らはどうなったのだろう。目の前で歴史が動いた瞬間だった。

チャウシェスク政権から逃れてきたルーマニア人の女性もいた。彼女はチャウシェスクの独裁下のルーマニアを「地獄のようだ」と吐き捨てるようにいった。

1989年、チャウシェスクの独裁政権が倒されて民主化されたルーマニアに、彼女は帰ることができたのだろうか？

世界は動いている。そのときはよくわからなかったけれど、いま思い返すと、日本にいては体験できないことを目の当たりにしていたんだな。

寮での生活は過ぎていった。朝、起きると地下のキッチンに行く。いつも不機嫌でぶつぶつと文句ばかりいっているコックのジョンに目玉焼きを頼んで、トーストとコーヒーで朝食をとる。クラスに行って、授業を受けて午後2時に帰宅する。それからテストの勉強をするか、時間のあるときは散歩に出かける。

念願のボストン・レッドソックスの試合も2試合見ることができた。フェンウェイ・パーク球場に行くと試合は始まっていて、「早くしろ、大事な試合を見逃すな」とニコニコしながら売り場のおじさんが大声でいった。チケットを買って外野席に向かう。階段を上がると、目の前に芝生のグラウンドがひろがっていた。グリーンモンスターといわれる巨大な外野フェンスが正面に見えたから、ぼくはライトスタンドにいたのだろう。

あこがれだったレッドソックスのカール・ヤストレムスキー外野手の勇姿も見ることができた。もう39歳になっていて往年の三冠王の輝きはなかったけれど、ぼくのイメージする「昔ながらのメジャーリーガー」の貫禄があった。遠くのほうからではあるけれど、左打席に立ったすがたにうっとりした。

残念ながらレッドソックスは優勝を逃して、ワールドシリーズ出場は叶わなかった。


ボストンは冬になっていた。語学コースの課程は、ぼくが思っていたよりも早く終了してしまった。ぼくが優秀だったわけではなく、日本の教育のおかげで英文法などの知識があったため、ペーパーテストだけはいい成績を上げられたからだろう。

このままアメリカに残るには、どこかの学校に進学するしかない。いっしょにコースをとっていた経理士のヒデオさんは、ロサンゼルスの大学に進学を決めていた。自分の仕事である、経理の勉強のためだといっていた。ヒデオさんはその後、すぐに自分の知識を活かして教授の補佐役になって、すっかりアメリカの生活に溶けこんでいった。

ぼくは、途方に暮れていた。いままでは目の前のことをこなすことで先のことなど考えずに暮らしていた。でも、学校のコースが予定より早く終わってしまったので、先のことを考えなくてはならない。別の学校に行って英語のコースをとってもいいのだが、同じような授業を受けるのは飽きてしまっていた。

どうしたものか、と寮の居間でぼんやりしていた。ウィリーというオーストリア人が声をかけてきた。ウィリーはジャズミュージシャンでサックスを吹く。バークリー音楽院というジャズ教育で有名な学校に通っていた。大柄で顔中髭だらけのウィリーは、一見こわかったけれど冗談好きな陽気な男だった。ぼくの「R」の発音でからかうのが好きだった。ぼくに楽譜を見せて、休符記号を読ませる。「rest　レスト」と発音するとウィリーは大笑いをする。よほどおもしろいらしく、これを何度も繰り返した。

ウイリーはぼくの顔をのぞきこんでいった。

「なあ、音楽が好きなんだろう。じゃあ、やればいいじゃないか」

ウィリーとはジャズの話をしたり、ギターの話をしていたから、ぼくが音楽に興味があることはわかっていた。ウィリーの前でギターを弾いたこともあったから、ぼくがそれほどうまくないことも知っていたはずだ。

「なあ、バークリーにどれだけギタリストが来ていると思う。100人近いんだよ。みんながみんな優れたプレーヤーだと思うかい？　ギターがうまかったら学校に来る必要なんかないじゃないか」

そういうとウィリーは学校の入学申請に必要な推薦状を書いてくれた。ボストンに来たときは思ってもいなかったが、ぼくはバークリー音楽院を受験することにした。せっかくウィリーがすすめてくれたのだから、アチーブメントテストだけでも受けてみることにした。

テストは、音楽理論と実技のふたつだったと思う。理論は、伊勢さんのレッスンで習ったことを思い出しながら楽譜を書いた。何をどう答えたのか覚えていなかったが、いちばん下のクラスではなかった。実技の教官は年配の先生だった。「さあ、弾いてごらん」と緊張しているぼくにやさしく声をかけた。ぼくは、何を弾いたらいいかわからず、ギターを抱えたまま、文字通り固まっていた。

ふつうは試験を受けるのだから、何曲かスタンダードナンバーを練習しておくものだろうなあ。

先生は、やれやれといった感じで楽譜を持ってきた。

「これを弾いてみて」

譜面には、コードネームが書かれていた。いわゆるジャズのコードのように複雑なことは書かれていない。

ぼくは、コードネームのとおり弾いてみた。本当はもっとジャズらしいコードを弾いてもよかったかもしれない。3分ほど弾いていると先生はペーパーに何かを書きこんだ。これでテストは終わりだった。

ぜったいに入れないと思っていたのに、あっというまにバークリー音楽院に入学が決まってしまった。いまはこんなにかんたんではないと思うが、そのころは一定の条件があればだれでも入学できたようだ。ウィリーの推薦状のおかげかもしれない。

ただ入学したものの、ぼくの気持ちはさえなかった。たしかに音楽は好きだし、ずっとギターを弾いていたいとは思ってはいたけれど、音楽の世界で生きるのは、自分には無理だとわかっていた。

ちょうど寮にも、バークリー音楽院に通うためにブラジルからやってきたギタリストがふたりやってきていた。ひとりはクラシックギターが得意で、もうひとりはすでにプロとして活動していた。ふたりと話していても、ぼくとは世界がちがっていたのだった。技術的なこともあったけれど、ふたりは音楽の世界に生きている。

ぼくは、どうなんだろう？　音楽の宇宙にぽつんとひとり漂っているような気がして、息が苦しくなる。

授業についていけない、というわけではなかった。音楽がいやになったわけでもないし、ギターも弾いていた。でも何かがちがう。ひとり世界に取り残されたような気持ちになっていた。授業に行くのが辛くなってきた。

夢の世界を前にして、ぼくの足はすくんでしまった。おじけづいて、飛びこむことができなかった。

その年のボストンの冬は寒かった。マイナス15度を記録した日があって、そんな日は近くのドラッグストアに買い物に出かけるのも命懸けだった。

それなのにぼくが住んでいた寮にはスチーム暖房が入っていて、ときどき窓を開けなければ暑くてしかたがないほどだった。外にでかけるのもままならず、運動もできない。寮の食事は、缶詰の野菜を温めたもの、茹でたじゃがいも、ミートローフ、そしていかにも着色料を使った毒々しい色をした甘いジェリー。これが毎晩のように出てきた。拷問のような食生活だったが、ほかに楽しみもなく、ぼくはもりもりと食べていた。その結果、20キロ以上、体重が増えた。

どうもここらへんから記憶があまりない。大晦日(おおみそか)の日に学校の友人たちに誘ってもらって、賑やかな街で年越しをしたのは覚えている。

異変に気がついたのは、寮にいる日本人たちだった。いつもボーッとしているぼくのことを心配してくれた。ある日、ぼくの様子がよほどおかしかったのだろう。マサオさんは、すぐに荷物をまとめて日本に帰ったほうがいい、とすすめてくれた。

ローガン国際空港に行って飛行機に乗ったことは覚えているし、ニューヨークで便を乗り換えなくてはならないのに、アナウンスに促されてあわてて飛行機から降りたことも覚えている。

それからのことはどうもはっきりしない。情けなくて恥ずかしくて、記憶を消してしまったのかもしれない。ぼくはずっと情けなかった。

「働く」は魔法の言葉

神保町を抜けて竹橋のほうへ歩いた。教わった住所にそろそろ着くはずだ。交差点の角にあるそのビルが見えてきた。ここなのか。昔の映画に出てくるような建物だった。5階建ての古いビルだった。あとで聞いたところ、関東大震災でもつぶれなかった、当時としては最先端のビルだったらしい。

エレベーターはなくて、せまくて薄暗い階段を4階まで上がっていく。曇りガラスの入ったドアを開けた。右を見るとデスクが並んでいて、編集部の人たちが原稿を書いたり、電話をかけたり、忙しそうにしていた。ぼくのことを気にかける人はだれもいなかった。

床は木製で昔の小学校のようで、いくつかの仕切り壁を取り払っている。昔はアパートとして使われていたらしい。洋風の建物で洒落(しゃれ)たアパートだったんじゃないか。

なんと声をかけていいかわからず、ぼくは立っていた。

奥に座っていたスーツ姿の初老のおじさんがぼくに気がついた。

「おお、青年、来たか」とにっこりとした。編集長の田村大五さんだった。目がやさしくて、ホッとしたのを覚えている。

田村編集長は、ぼくを編集部に紹介すると、空いているデスクを指差した。

「とりあえず、そこに座って」

壁際のデスクだった。横にはテレックス（印刷電信機）の機械が置いてあってカチカチとアメリカのスポーツニュースを打ち出している。ロール紙のプリント用紙が、たちまちのうちに置いてあったダンボール箱にあふれてしまう。

ぼくのとりあえずの仕事は、このプリント用紙を切り分けて競技ごとに分けることだった。メジャーリーグ、アメリカンフットボール、バスケットボールなど何種類もの競技に関する記事が送られてきていた。でも、編集部の人で興味のある人はだれもいないようだった。

そのほかの主な仕事は原稿取りだった。メールなどない時代、ファックスはあったけれど、そのころは使う人なんてひとりもいなかった。原稿は郵送で送られてくるか、編集部が直接受け取るしかない。野球の記事はスポーツ新聞社の記者が書いていた。これは公然の秘密のアルバイトなんだけれども、みんな、やっていたからね。

後楽園球場で試合があるときは、試合が始まる前に、記者証を使ってマスコミ専用ゲートから入場する。新入りのぼくは記者の顔を知らないので、スタンドの中でキョロキョロしていると、あちらから声をかけてくれる。それで封筒に入った原稿をもらい、急いで会社にもどる。伝書鳩みたいな仕事だ。試合が見られるわけではないが、プロ野球の選手たちの練習をちらりと見ることができたり、だれひとり観客のいないスタンドや、試合前の球場の雰囲気を味わうことができた。

どうってことのない仕事といえばそうだったけれど、編集長や編集部の人に「おい、青年、ちょっと行ってくれ」といわれるのはうれしかった。編集長は、ぼくや見習い中の新入社員のことを「青年」と呼んでいた。

アルバイトの身分だったから記事を書くことはないが、テレックスの整理をやっていたからメジャーリーグのニュースを読むことができた。ときどき海外ニュースの記事が足りないときに、「何かおもしろいニュース、ないかい?」と聞かれることがあって、ぼくはテレックスで送られてきた最新のニュースをメモにしてわたしていた。その記事がそのまま雑誌に載ることもあった。ほんの数行の埋め草のような記事だったけれど、じっさいに印刷された自分の文章を見て、すごくうれしかった。

ほんの少し前のぼくは、何をやっても気持ちが晴れず、落ち込むだけの毎日を送っていた。ボストンから帰ってから、胸に大きな穴があいたようだった。自分自身が情けなかったし、周囲から冷たい目で見られているような気がして、ビクビクしていた。深水さんが心配をしてアルバイトに誘ってくれた。電気店の売り出しのビラを配ったり、冷蔵庫を運んだり、アンテナ取りつけの補助で屋根に上ったりした。体を動かしているときは、いやなことを忘れられた。ひたすら一生懸命に体を動かした。ただ、短期のアルバイトだったのでひと月も経つと契約が終了してしまう。

未来のことなど考えられず、ただやりすごすだけの日々が続いて、明日が来るのが憂鬱で、このまま自分が終わってしまうような気がしてこわかった。

「働けばいいじゃない」

ぼくがふさぎこんでいるのを知った義理の叔父、アートディレクターの堀内誠一がポツリといった、と叔母が教えてくれた。

「働く」。なぜか、そのときぼくの頭の中に風が吹いたような気がした。新鮮な空気が吹き込んで、もやが晴れていった。いままで肩にのしかかっていた重たいものがスーッと消えていった。魔法の言葉で呪縛から解放されたみたいだった。

「働いてみよう」

いままでもアルバイトはしたことはあったが、「働く」とはちがっていた。仲間うちの仕事で、ぼくはある意味、守られていた。子どものころから、ずっと守られてきた。

野球雑誌の仕事もアルバイトではあったが、仲間うちの仕事ではなくて、まったく知らない世界、おおげさにいえば社会に飛びこむ気持ちだった。

両親はけっしてぼくに押しつけようとはしなかったが、ずっとぼくが大学に行くことを願っていたのだろうと思う。ぼくもそれを感じながら、両親の希望に応えられないうしろめたさをずっと抱えていた。

そんなときの「働く」という選択は、閉ざされていたドアが開いたような気がするものだった。

毎日が仕事一色の日々になった。午前11時に編集部に行って掃除をして、ひと晩中プリントされているテレックスをまとめながら、編集者たちが来るのを待った。最初のころは、午前9時に出社していたのだが、編集長から「出社するのは午前11時にしてくれ」と頼まれた。「アルバイトだけに9時に出社させて、編集部は何をやっているのだ！」と社長に怒られたそうだ。

何か月かすると、人が足りないので正社員として編集部で働かないか、といわれた。ちょうどメジャーリーグの増刊号を作ることになっていて、専従する編集部員が必要だったらしい。そのころメジャーリーグなどまったく盛り上がっていなかった。野茂英雄もイチローも、もちろん大谷翔平もいない。日本人がメジャーリーグで活躍することなど夢にも思わなかったころだ。

編集部では、週刊誌のほかに高校野球、大学野球などの増刊号を制作していて、ひとりが何冊もかけもちで制作しなくてはならなかった。メジャーリーグの増刊号は、当時の常務の思い入れがあって出版していたらしく、編集部にとってはお荷物だったのかもしれない。

メジャーリーグの増刊号を担当しているのは、英語が堪能で、のちにメジャーリーグの解説者として活躍する出村義和さんだった。増刊号に専従するのは、出村さんとぼくのふたりだけだった。

正式に編集部で働くことになると、いままでのように原稿取りとテレックスの整理だけというわけにはいかない。ぼくは週刊誌のメジャーリーグの見開き2ページを担当した。

最初は新聞記者の原稿を使っていたけれど、どうしても情報が古くなる。手元にテレックスで最新の記事が入ってくるので、自分で新鮮なニュースを書きたくなった。

初めての記事は14字詰めの30行ほどの短いものだった。400字詰めの原稿用紙にして1枚とちょっとの文章なのに、思うようにまとまらず何回も書き直した。書きあげたときは深夜になっていた。翌日、出村さんの原稿チェックを受ける数分が、永遠のように長く感じられた。

中学校で読書感想文を書いたくらいで、原稿用紙もほとんど使ったことがなかったぼくは、こんなふうにして文章修行を始めた。

ぼくにとって野球雑誌の編集は、文章の学校のような場所になった。といっても、だれかが添削をしてくれるわけじゃないし、原稿の書き方を教えてくれるわけじゃない。いいな、と思った原稿を参考にしたり、文章は自分で考えて書かなくてはならない。週刊誌の読者は、小学生から昔からの野球ファンとはばひろい。だから、かっこよくなくてもいい、だれが読んでもわかりやすい文章を書くことを心がけた。

ぼくが書いた原稿はほめられることはなくても、だめだしを受けることもなかった。当時の編集部の人たちは独立独歩、わが道を行く人ばかりで、他人の原稿のことなど気にしていなかったかもしれない。それぞれが自分の世界を持って原稿を書いていた。

ただいちどだけ、きびしく諭されたことがあった。小説家、翻訳家の常盤新平さんのコラムを担当したときだった。初めての原稿をもらったとき、タイトルがついていなかったので、ぼくが文章を読んだ感じでつけることにした。

おそらくそれがとても稚拙だったのだろう。どんなタイトルをつけたのか、自分に都合の悪いことは忘却の彼方に消え去ってしまったようだ。

深夜、編集部でひとり、メジャーリーグの増刊号の作業をしていると、副編集長がやってきた。かなり酔っ払っていた。ぼくのデスクに発売されたばかりの雑誌を持ってきた。常盤さんのコラムのページを開くと、タイトルを指差した。

「なんだ、これは！」

何度もタイトルの文字を人差し指でトントンと叩(たた)いた。それから1時間にわたって「原稿の内容を考えてタイトルをつけろ」とタイトルの重要さについて説諭が続いた。酔っ払っているから、何度も同じことを繰り返していう。ぼくは恥ずかしさと悔しさで、うつむいたまま顔を上げられなかった。どうせなら、印刷される前にチェックしてくれよ、といいたくはなったけれど。

ただ副編集長がきちんとぼくに説諭してくれたことは、自分が編集部の一員として認められたような気がして少しうれしかった。

それからは、原稿をもっと深く読むことを心がけるようにした。

つぎの週に常盤さんに会ってお詫びをすると、「はい、タイトルはぼくがつけますよ」とにっこりした。タイトルをつけなかったのは、ぼくの実力を試したのかもしれない。

野球雑誌の編集部の仕事は、いまでいう〝ブラック〟だった。ほとんど休みがないし、仕事は深夜まで続く。週刊誌の仕事に加えて増刊号があるし、シーズンが終盤になるとできるだけ新しいニュースを入れようとギリギリまで粘る。だから巻頭の特集の制作は突貫作業になってしまう。ぼくが勤めていたときは、長嶋茂雄監督が突然解任されたり、優勝が決定的だった巨人を破って中日が優勝するなど、想定外の出来事が起きた。あわてて3日間ぐらいで特別増刊号を出すことになり、編集部全員が徹夜作業で乗り切った。そのうちに、増刊号の制作が続いて、徹夜作業は日常的になっていった。

だから不平不満をいう編集部員もいたし、辞めていった人もいた。でも、ぼくは辞めたいと思ったことはいちどもなかった。

おもしろかったからだ。

まだ3年しか働いていなかったが、メインの週刊誌に自分が出した企画が取り上げられるようになったし、メジャーリーグの増刊号に関しては、上司だった出村さんがアメリカに長期出張にでかけたため、ひとりで担当することになっていた。仕事の量としては増えてしまうが、一冊を自分の思いどおりに作ることができる。最低限の情報をおさえておけば、あとの誌面作りは自由きままにすることができた。デザイナーの井上硯滋さんに頼んで、いままでの野球雑誌にない誌面を作った。

いま思い出しても、こんなに自由に雑誌を作ったことは後にも先にもないと思う。売れなくて当たり前で、社内的にもまったく注目されていない雑誌だから可能だった。

編集部は自由な雰囲気にあふれていた。編集長も代わって、より自由な誌面を作るようになっていた。それまでは、人気があった巨人の話題を中心に企画が立てられていたが、バランスよく、そのときの旬な話題を取り上げるようになっていた。

編集部の人たちは、それぞれが自分のやり方で仕事をしていた。自分の流儀があって、自分が持っているページをいかにおもしろくするかを真剣に考えていた。おたがいにそれについて、あれこれ意見することはほとんどなかったように思う。

ただ自由にできたのもつかのまだった。突然、編集長が替わり、編集部も人の入れ替えが行われた。よくある会社の人事というやつだ。いろいろと派閥のようなものがあったようだ。

ぼくに関わることとしては、メジャーリーグ増刊号の編集長として社外から来たことだった。その人にはぼくも原稿を頼んだことがあったし、何度もお会いしたこともあった。だから、それほど問題はないと思っていた。

だが、新編集長は暴君だった。暴君なのはかまわなかったのだが、メジャーリーグ増刊号まるまる一冊の原稿を自分だけで書こうとした。増刊号一冊分の原稿をひとりの書き手が書くのはありえないことだし、しかも記事の内容が貧弱だった。ぼくは雑誌の編集者として許すことはできなかった。それを伝えても、会社はほったらかしだった。

ぼくは「ひとりストライキ」を宣言して出社拒否をした。その日のことはよく覚えていて、昼過ぎに退社したが、怒りにたかぶった気持ちを収めるために映画を見た。リバイバル上映されていたジャン＝リュック・ゴダール監督の『勝手にしやがれ』だった。

ぼくは会社を辞めることにした。

ここにいても、つまらない。

それだけの理由だった。先のことなど何も決まっていなかった。いまだったら無茶な話だと思うけれど、つまらないことはしたくない、というのはそれほど悪い判断ではなかった。

会社を辞めたことで、新しいドアが開いた。

４００字詰めで何枚？

いま原稿を書くときは、コンピューターでキーボードをカタカタと叩いている。コンピューターは筆記用具のひとつなんだな。ぼくが原稿を書き始めたころは、パーソナルコンピューターなんて一般的でなかったし、ワープロもまだなかった。原稿を書くといえば、ペンか鉛筆を使って、原稿用紙に書いていた。もう何十年も使っていないけれど、いまだに原稿用紙には愛着がある。

東京新聞のコラムで、小説家の川越宗一が尺貫法などの単位について書いていた。その文章のはじめに原稿用紙のことを書いていた。「書くべき文章量はたいてい、４００字詰め原稿用紙の『枚数』で提示される」。川越さんがいうとおり、現代の大多数の書き手は原稿用紙を使わないので、不思議な慣習だと思う。ぼくの場合、短い文章のときは40字詰めで50行などと指示されることも多い。それでも基本は原稿用紙換算だ。

学校ではまだ原稿用紙を使っているのですね。青少年読書感想文全国コンクールの応募要項を見たら、「原稿用紙を使用し、縦書きで自筆してください」とあった。一般の小説のコンテストでも「４００字詰原稿用紙換算で１５０枚以上」と書いてあったから、文字量を原稿用紙に換算するのは、出版界の伝統になっているらしい。

原稿用紙は長い歴史があって、江戸時代中期にはマス目を入れた用紙があったという。ちょっと調べてみてびっくりした。現在の原稿用紙の形状に近いものとしては、評論家の内田魯庵のつくった19字×10行の１９０字詰用紙がもっとも早い時期に属するものらしい、とあったからだ。新聞や雑誌などに原稿を掲載するときに、字数が正確に計量できるからという。魯庵の原稿用紙は作家のあいだで人気が出て、夏目漱石も愛用したとあった。内田魯庵は、ぼくの祖祖父、つまりひいおじいちゃんなのだ。会ったことはないけれど、原稿用紙に向かっているすがたを見たかったなあ。ぼくの知っている魯庵は、パイプをくわえてこわい顔をしている写真だけだ。

ぼくの原稿用紙好きは血筋なのか？　いまでも使いもしないのに、ときおり文房具店で原稿用紙を見つけると買ってしまう。最近は、アナログブームなのか、万年筆も人気があるし、原稿用紙を使う人も増えたのかもしれない。飾り罫(けい)があってお洒落(しゃれ)なもの、洒落たデザインのものがあるようだ。なかでも北原白秋、坪内逍遥、石川啄木、志賀直哉、夏目漱石といった文士たちが使っていた、神楽坂にある文具店「相馬屋源四郎商店」の原稿用紙は持っているだけで楽しいものだ。この原稿用紙を見ていると、名文が書けそうだ。ただぼくは悪筆というか字が汚いので、いくら文士を気取ってみたところで、原稿用紙に書いた自分の字を見るのがいやで、結局コンピューターで書くことになる。仕事では、原稿はコンピューターで書いて、編集者にはデータをメールで送る、というのがふつうになっているしね。

原稿用紙は好きだけれど、ぼくが仕事を続けられたのは、ワープロやコンピューターを使って、自分の汚い字を見ないですむようになったからかもしれない。

小学生のころ、ぼくは作文が苦手でいつも授業時間が終わるぎりぎりまで書いていた。クラスには数分で作文を書き上げてしまう子がいたなあ。あれは何を書いていたんだろう？　ぼくは、いまでも遅筆で、短い原稿でも何日もかかってしまうことが多い。スポーツ雑誌の編集者をやっているころは、「徹夜で200枚書き上げた」というふうに速書き自慢をするライターや編集者がいたのだけど、遅筆のぼくにはとてもまねできないし、そんな状況になったら恐怖だなあ、と思ったものだ。

原稿用紙を日常的に使うようになったのは、野球雑誌の編集部に入ってからだった。最初はアルバイトということもあって、記事を書くことはなくて、記事の材料になるメモを書いていた。原稿用紙にではなく、チラシの裏に書いていた。そこにはプロとアマチュアの線引きがあった。

ぼくはアメリカからテレックスで送られてくるメジャーリーグのニュースを読んで、おもしろそうな記事をざっとではあったが翻訳していた。

当時は、メジャーリーグの人気はなく、週刊誌の見開き2ページで大きな記事が1本、小さな記事を3本くらい掲載していた。記事は外部の新聞記者に依頼していていた。その記事が締め切りに遅れたときや、大きなニュースがあったとき、先輩の編集者がぼくのデスクにきて「何かおもしろいニュース、ないかい？」と聞きにくる。ぼくはプリントされたテレックスの束の中から記事を選んで、メモを書いてわたした。文字数のことも考えず、ただメモを書き連ねただけだった。

正式に編集部の一員となってから初めて原稿用紙をわたされた。学生時代に使っていた400字詰めではなく、20字で10行の200字詰めの原稿用紙。200字詰めの原稿用紙は「ペラ」と呼ばれていた。出版社の原稿用紙は200字詰めが多かったのではないかと思う。

最初に習ったのは、14字のところで線を引くことだった。当時、週刊誌は14字詰めで4段だったので、文字数がわかりやすいように線を引いていた。最初に書いた原稿は、14字詰めで30行の短い原稿だった。内容は選手の怪我についてだったか、あまり覚えていない。420字、原稿用紙1枚とちょっとの原稿を書くのにひと晩かかった。アメリカから送られてくる記事をそのまま翻訳すると文字数がオーバーしてしまうし、日本の読者にはわかりづらい。短い中にも記事にはメリハリをつけなくてはならない。何度も書き直した。で、結局、徹夜するはめになった。朝、担当上司の出村義和さんに原稿を見せると、鉛筆でサッサッと直しを入れ、「いいんじゃない」とオーケーが出た。なんでも、読み終わるとポイッとゴミ箱に入れられた人もいたらしい。毎週、緊張しながら原稿用紙に向かうようになった。これがぼくの最初の修行だったんだなあ、と思う。原稿用紙を何枚も無駄にしながら書き続けた。

いいか悪いかは別にして、ぼくの文章のスタイルはこの時期にできたようだ。小学生にもわかる平易で、センテンスはあまり長くせずに単純にすることを心がけた。文章の書き方は、文字で原稿用紙のマス目をうめることで体に染みていていった。

ぼくの文章修行は原稿用紙とともにあったんだと思う。

会社勤めを辞めてから、翻訳の仕事や広告の仕事を紹介してもらうようになった。アメリカのロマンス小説の翻訳をすることになった。翻訳とはいえ、初めて長文の文章を書くことになって、コクヨの400字詰めの原稿用紙を買いこんだ。まだコンピューターはなかったし、ワープロもないころの話だ。

締め切りは1か月後、朝から晩までデスクに向かって書き続けた。ある程度枚数を書くと、書き終えた原稿用紙をデスクの上でトントンとしてそろえる。

最初は気取って万年筆を使っていたが、字がへたくそなうえ、インクがにじんでしまって読みにくい。ボールペンに変えて、さいごは鉛筆を使うようになった。

いまはコンピューターを使っているから、原稿を書くときは思いついた文章をとりあえず書いてみる。その文章を読んで、気に入らなければ消去してしまうし、訂正を入れることもある。文章の構成を変えるには、コピーして入れ替えてしまえばいい。

原稿用紙では、訂正するには消しゴムで消すか、インクを使っていれば書いた文章に線を引いて、その横に訂正した文章を書くことになる。ぼくの場合、訂正ばかりしているので、いつのまにか原稿用紙はただの汚い紙切れになってしまうのだ。だから、原稿用紙にはなるべく訂正がないように、文章を書き出す前に、じっくり考えるようにしていた。

ワープロが一般化したとき、「ワープロの導入が文章のスタイルを変えるか。文学に影響を与えるか」といった論争があった。村上春樹は原稿用紙でなく、Macを使って書いているらしい、と雑誌で読んで「これからはMacで書こう」なんて思ったものだった。いまとなってはワープロか手書きなんていう論争は意味のないことだったと思う。でも、ワープロの出現はそれほど衝撃だったんだ。

いまでも原稿用紙に書くのはきらいではないけれど、自分の汚い字を編集者に見せなくていいのはありがたい。原稿の内容を検討する前にゴミ箱に捨てられる可能性だってあるものな。

原稿用紙に書いていた経験が文章に影響を与えたかどうかはわからないけれど、何百枚も書いた原稿用紙をまとめてトントンとする、あの満足感はワープロでは得られないものだったと思う。

神保町ブロンクス・ズーの人々

仕事との出会いは、人との出会いだった。ぼくにとって野球雑誌の編集部で出会った人たちは、もう40年以上も経つのに忘れられない大切な人たちだ。

あのころの編集部のことを思い出すと、ぼくは「ブロンクス・ズー」を思い出す。

「ブロンクス・ズー」。地元メディアは1970年代のニューヨーク・ヤンキースのことをそう呼んだ。当時のヤンキースの監督、ビリー・マーチンは「けんか屋」といわれるほど情熱の人だった。そして、金は出すが口も出す名物オーナーだったジョージ・スタインブレナーとの愛と憎しみが入り混じったドラマは有名だった。ビリー・マーチンはヤンキースの監督に5回就任し、スタインブレナーに5回も解雇されている。

監督、オーナーだけじゃない。ヤンキースには個性派の選手が集まっていて、とくに豪放なレジー・ジャクソン外野手はマーチン監督とは犬猿の仲で有名だったし、ほかの選手たちも殴り合いをしたり、トラブルばかりのチームだった。地元のマスコミはこのようなチーム状態を「まるでヤンキースのベンチは動物園のようだ」とあきれていた。

それでも強かった。1976年から3年連続でリーグ優勝している。強烈な個性がぶつかり合いながら、結果を出している。


前置きが長くなってしまったが、ぼくの初めての職場である野球雑誌の編集部を「ブロンクス・ズー」と呼んだのは、メジャーリーグ担当の先輩、出村義和さんだったと思う。なるほど「ブロンクス・ズー」だ。編集部は、殴り合いこそなかったが、個性あふれる人たちが集まって、おもしろい雑誌を作るために、それぞれのやり方で取り組んでいた。いい方を変えればバラバラだった。出世のために上司の顔色をうかがったり、「足並みをそろえるために」自分の意見をおさえる人もいなかった。当時の社長はワンマンだったが、情熱の人だった。

40年ほど前、ぼくが社会人として第一歩を踏み出した職場がこの「ブロンクス・ズー」だったことは、本当に幸運だったと思う。この職場にいたのは、ほんの3年間だったのだけれど、その後のぼくの人生に大きな影響を与えた。

編集部で出会った人たちは、それまで会ったことのないタイプの人たちだった。バイトを始めるとき、雑誌の編集部と聞いていたので、ぼくはどんなエリートたちがいるんだろう、と思っていた。ところが初めて訪ねた編集部は、まだ学生の雰囲気、というか何年も留年している大学生みたいな人やら、身体中にタバコの脂がこびりついたおじさん、かと思えば三揃のスーツを着た老紳士もいた。女性の編集者もひとりいた。なかにはスポーツ新聞社の記者をしていた人もいて、いわゆるトップ屋みたいで迫力があった。年齢も服装も雰囲気もまったくちがう人たちが集まっていた。

「ブロンクス・ズー」のようにいがみあっていたわけではないが、編集部は我が道を行く人の集まりでそれぞれの仕事を自分のやり方で進めているようだった。出勤時間は自分のスケジュールで決めていたようだし、服装は特別な取材がなければ、スーツを着る必要もない。

とくにずばぬけて個性派だったのは、副編集長だったTさんだった。着古したボロボロのジャケット、ズボンは留め具が外れていて、いつも社員バッジを代わりにつけていた。Tさんは〝行方不明〟になることも多くて、それは編集長になってからも変わらなかった。編集会議の日にも予定の午後1時になっても現れず、結局、会議が終わった夕方ごろにしかめ面をしながら登場するという具合だ。ひどい二日酔いだった。

こんなこともあった。ぼくが朝早めに出社して編集部のドアを開けて落ちていた毛布をうっかり蹴飛ばしたら、むっくりとTさんが起き上がってびっくりした。ちがう日には、お掃除に来ているおばさんに箒で掃かれたこともあったらしい。

いったいいつ自分の家に帰っているんだろう。朝まで飲んで、タクシーを拾っても家ではなく、会社の住所を運転手に伝えてしまうらしい。「性格は破綻していないけど、生活は破綻しているね」などとぼくたちは冗談をいったものだった。

こんな生活をしている人だったから、「社会人としてどうなの?」ときっと会社にはいい顔をしなかった人もたくさんいたにちがいない。それでも編集部からの人望は厚い人だった。とにかくおもしろい雑誌を作りたい、という情熱にあふれていた。そのためには人の意見にも耳を傾けて、野球について素人だったぼくの企画もおもしろければ取り上げてくれた。この人とならおもしろいことができそうだと、多少、いや多少ではなかったのだけれど、生活の破綻には目をつぶっていた。やれやれとあきれながらも。

編集部は一見、バラバラなのだけど、何か非常事態が起きたときの集中力はすごかった。けっしてパニックにならずに編集長の方針のもと、それぞれが自分の役割をきちんと果たしていく。おたがいを認めて信頼関係がなくてはできないことだった。

そのすごさを見たのは、ぼくが編集部に来た年の10月だった。巨人の長嶋茂雄監督が突然解任された。そのニュースが飛び込んできたとき、すぐに増刊号を出すことになる。編集部の全員が集まり、あっというまに企画が決まっていく。記事の内容、ページ数、執筆者が決まり、依頼が始まる。何をしていいかわからなくて、ボーッとしているぼくを尻目に、編集部の人たちはそれぞれの仕事にとりかかっていた。たぶん、3日間ぐらいでほぼ完成していたような気がする。ほとんど寝ずの作業だった。ぼくにできたことといえば、資料室で長嶋の古い写真をさがすことぐらいで、写真説明の数行の原稿も書くことができなかった。

そのときのことはいまも鮮やかに思い出せる。写真を手にして何も書けずに呆然としていていると、Eさんがさっとぼくの手から写真を奪ってサラサラとペンを走らせた。けっしてぼくを叱ったりしないが、実力のなさをこうやって教えてくれた。たとえ写真説明の文章でもおろそかにしてはいけない、と肝に銘じた。

ああ、そうだ、思い出した。一行も原稿を書けなくて落ちこむぼくに気がついたTさんは、なぐさめの声をかけることはしなかったが、軽く「うんうん」とうなずいた。最初はそんなもんだ、とはげましてくれたのだと思う。いま、思うと、あのとき、何もわかってもいないのに器用に文章を書かなくてよかったと思う。TさんもEさんも「一行の重み」を教えてくれた。

編集部では、仕事を手取り足取り教えてくれることはなかった。だから見よう見まねで覚えていった。原稿の書き方は目の前で添削されながら覚えたし、印刷所に行って校正用の「ゲラ刷り」に直しを入れる方法も、となりにいる先輩を見ながら覚えた。取材に行くにもいきなりひとりで行かされた。すべて実践で覚えていく。

新入社員の仕事でいちばん多いのは原稿とりだ。メールのない時代、原稿をもらいに直接、新聞記者や著者のもとに行く。新聞記者はアルバイトで原稿を書いているので、新聞社には内緒にしていた。公然の秘密だったとは思うが。ある新聞社に原稿をもらいに行ったときだった。待ち合わせの通用口に記者がいないので、しばらく待っていた。不審者に思われたらしく警備員に声をかけられた。「○○さんに約束がある」と告げると、警備員はエレベーターを指差して上に行けという。そのままでは怪しまれるので、エレベーターに乗って指定の階におりて○○さんを呼ぶと、○○さんは烈火の如く怒り、ぼくをどなりつけた。「お前だれだ、勝手に入るんじゃない!」

○○さんは、デスク担当のエラい人だったらしい。ほかの記者の手前もあり、どなったようだ。どなったあとに、こっそりぼくに原稿をわたした。

こんなミスをして、いちおう編集部で報告すると「そんなこと気にするな」といわれるだけだった。

こんなことは日常茶飯事で、世間知らずのぼくは怒られることも多かった。いささか荒療治だったのだが、世間の荒波にもまれて、社会というものに慣れさせてもらった。いやなことがあっても、それで仕事を辞めようとは思わなかった。ここで辞めたら、ほかに雇ってくれる会社はないだろう。でも、それが大きな理由ではなかった。

ぼくは「ブロンクス・ズー」にいたかった。それぞれが自分のやり方で仕事をしているところだから、ぼくは、ぼくとして受け入れてもらえていた。

ぼくは家にひきこもりがちだったこともあって、人見知りで最初のうちはほとんど人と話すことはなかった。いつも壁に面したデスクに座ってテレックスを整理したり、原稿を書いていたので、いつのまにか「ミスター・ウォール」というあだ名をつけられた。

あまり自分のことを話さなかったので、編集部の人と個人的なつきあいはほぼなかった。それでも40年経って思い出すのは、編集部の人たちの「人となり」だった。

ある日、4階にある編集部でひとりで仕事をしていた。もう深夜になるころだった。明日の朝までには原稿を整理して、デザイナーにわたさなくては入校日にまに合わない。

ドアが開いて編集長の田村大五さんが入ってきた。奥にあるデスクに座ると原稿を書き始めた。連載記事の原稿だろう。部屋のすみとすみでペンを走らせる音だけが聞こえてくる。1時間ほどすると、田村さんはペンを置いた。カバンに書類を入れると帰り支度を始めた。何がきっかけだったのか。たまたまテレビをつけたら、映画紹介をしていたのかもしれない。田村さんが映画の話を始めた。いつも難しい顔をして原稿を書いている姿しか見ていなかったし、編集部で野球以外の話題が出ることはほとんどなかったので、意外だった。

それまで田村さんと話したことはあまりなかった。編集部の先輩たちといっしょにいった居酒屋では、親友だったという稲尾和久投手の豪傑ぶりを聞いたり、満州から命からがら逃げてきた話は聞いてはいたけれど。

田村さんは、映画が好きで映画評論家・淀川長治主催の「映画の会」にも参加していたといっていた。好きな映画や淀川さんの話をしみじみと話してくれた。

驚いたのは田村さんがいちばん好きな映画として、クロード・ルルーシュ監督の『男と女』をあげたことだった。

ぼくも大好きな映画だった。『男と女』の素晴らしさを語る田村さんは、野球の話をするときとはまったくちがっていた。あこがれの世界にいるような、いつもしょぼしょぼしていた目がそのときばかりは輝いていた。

たった20分ほどだったが、『男と女』のラストシーンのストップモーションがぼくの目の前にひろがった。
「じゃ、お疲れさん」ちょっと照れくさそうに笑って出ていく田村さんは、まだ映画の中にいるような感じだった。

毎日のように深夜までの作業があったり、休みもとれない。それなのに残業代は月に3000円しか出なかった。それでも仕事がいやになることはなかった。それは、編集部のおもしろい人たちといっしょにいたいからだった。

いまでも、思う。ぼくの初めての職場、社会人としての出発の場が「神保町ブロンクス・ズー」でなかったならば、きっと退屈な人生を送っていたことだろう、と。この出発があったから、その後もいろいろなおもしろい人たちと出会うことになった。

盤上のオールスターゲーム

コロナ禍でステイホームが続く中での、少ない楽しみのひとつがメジャーリーグ中継だった。

とくに大谷翔平選手の活躍が沈んだ気持ちを少し元気づけてくれる。アメリカでも夢の夢と思われていた投手と打者の二刀流を実現して、ベーブ・ルースと並び称されているなんて、「日本人だから」というのを超えて応援してしまう。とにかくうれしいのは、大谷選手が実に楽しそうにプレーしているからだ。野球少年の夢を実現しているすがたが胸を熱くする。

ぼくがメジャーリーグの雑誌を作っていた40年前には、日本人の選手がメジャーリーグでプレーするなんて考えられなかった。まだ野茂英雄もイチローもいなかったんだ。1960年代に2年間プレーした村上雅則投手がいたけれど、残念ながらぼくは幼すぎて覚えていない。

ぼくが野球雑誌の編集部で働きはじめたのは、カンザスシティ・ロイヤルズが来日した年だったから1981年のことだ。40年以上も経っているんだな。ぼくの仕事はメジャーリーグの情報をまとめて記事を書くことだった。それから、たった3年ちょっとだったけれど、メジャーリーグ漬けの毎日だった。

そのころメジャーリーグ関係の雑誌は、シーズン前にロースター、つまり各球団の選手の名簿と戦力分析を掲載した増刊号、そしてシーズンが終わったあとの総集編の2冊だった。そのうえ1981年は日米野球があって、カンザスシティ・ロイヤルズが来日するため、プログラムを兼ねた特集号を発行することになった。その特集号を新入社員のぼくが担当することになった。一冊まるごとを入ったばかりの社員に任せるなんて、ずいぶん無茶な話だと思うけれど、編集部は週刊誌のほかに日本シリーズの特集号、高校野球、大学野球などの増刊号があって、ひとりで何冊もかけもちで担当している。ぼくのような新入社員に任せるしかなかったという事情があったのだと思う。

カンザスシティ・ロイヤルズ来日特集号を担当することになって、いきなりアメリカ出張も決まった。7月14日にクリーブランドで行われるオールスターゲームとカンザスシティの街と球場を取材することになった。

1981年、メジャーリーグでは、フリーエージェント問題をめぐって選手会とオーナーが対立して、6月12日から史上2度めのストライキが決行された。最初、ストライキはすぐに解決するだろうと考えられていた。ところが7月に入ってもストライキは終わりそうにない。試合がなくては、取材に行っても仕方がないと、ぼくはアメリカ行きをあきらめていた。ところが、ストライキが終わる先行きが見えないのに、会社は予定通りに行けという。

カメラマンの長見有方さんとふたり、ロサンゼルス、ミルウォーキー、カンザスシティとメジャーリーグの球場を巡った。

ストライキは一向に解決する様子はない。ぼくたちは閑散とした球場の周囲を取材した。球場にある売店は、いちおう営業してはいたが、客はもちろんいない。店員の愚痴(ぐち)を聞いてまわる取材だった。

やれやれな感じではあったけれど、長見さんとふたりの珍道中は楽しかった。

ストライキが行われていたのはメジャーリーグだけではなかった。シカゴの空港管制官がストライキをしていて飛行機が予定通りに飛ばなかったのだ。シカゴで乗り換えてクリーブランドに行く予定だったが、その便は欠航となり翌日まで待たなくてはならなかった。荷物だけは、別便でクリーブランドに行ってしまった。しかたがなしにシカゴに泊まることになったのだが、ここは「不まじめな」ぼくと長見さん、空港のホテルはつまらないのでシカゴの街に行くことにした。

ぼくはシカゴブルースの街なんだなあ、とキョロキョロしながら歩き、長見さんはそのころ日本では入手が難しかったゼロハリバートンのバッグを買うなど、半日ではあったけれどミーハー旅行を楽しんだ。おたがいにあまりまじめでないところが旅の相方としては最高だった。

「こんな楽な出張はいままでなかった」という長見さんだったが、ぼくのほうはそうでもなかった。週刊誌に何か記事を書かなくてはならないので、ネタさがしに頭を痛めていた。このさきメジャーリーグの取材をする機会はあるかもしれないが、野球のないアメリカの夏を取材することはめったにないことだろう、と自分を慰めながらネタをさがして街を歩いた。

そろそろストライキが終わってメジャーリーグ再開の記事を書けるかもしれないと期待しても、テレビニュースでは調停委員がインタビューされて、「nasty」と答えるのが決まり文句になっていた。「やばい感じ」といった意味だろうか。

街を歩いたからといって、ネタが転がっているなんてことはない。だから、ぼくは地元の新聞やテレビ、ラジオから野球関連の記事を拾って編集部に原稿を送った。英語が得意というわけではないから、かなり「やばい感じ」だったけれど。

当時はメールもファックスも使えない時代だ。原稿を電話で読み上げるしかなくて、速記ができるのは、田村大五編集長だけだった。毎回、へたくそな原稿を読み上げることになり、冷や汗をかくことになる。

取材の最終地、クリーブランドに着いた。オールスターゲームの前日になってもストライキは終わりそうにない。ホテルの部屋でどんな記事を送ろうかと思案しているとき、つけっぱなしにしていたラジオから、「オールスターゲーム」という単語が聞こえてきた。明日、オールスターゲームを開催するというのだ。

もちろん、実際のオールスターゲームではないだろう。いったい何をやるんだろう？

翌日、クリーブランド・インディアンズ（現クリーブランド・ガーディアンズ）の本拠地であるミュニシパル・スタジアム（2023年現在の本拠地はプログレッシブ・フィールド）に出かけた。スタジアムの周囲は人っ子ひとり歩いていない。本来ならお祭り騒ぎでファンであふれていたにちがいない。地元で行われるオールスターゲームは当時は26年にいちどしか開催されないのだから、これほど待ち遠しく楽しみなゲームはないだろう。

　スタジアムの入り口は開いていた。とくになんのチェックもなく入ることができた、と思う。このへんは記憶があいまいだ。

　マウンドのあたりに数人だが、人が集まっているのが見えた。グラウンドへのゲートも開いていて、長見さんといっしょに人の集まっているところに向かった。マウンドの上にテーブルが置かれて、ユニフォームを着た男ふたりが向かい合って座っていた。テーブルの上には、ボードゲームが置いてあった。オールスターゲームを野球のボードゲームで行なっているのだ。

　7万人を収容するスタジアムにポツンと置かれたボードゲーム。インディアンズのユニフォームを着た男がサイコロを振っていた。集まっているのは、新聞記者らしき数人だけ。テレビカメラはなかったような気がする。

　写真を撮っていると、地元の新聞記者が近寄ってきた。どうして日本人がこんなところにいるのだろうと不思議だったんだろう。

　ひとりの記者が「なんでまた、遠い国からわざわざ、野球もやっていない、こんな田舎町に来たんだい?」と聞いた。

　クリーブランドは田舎というコンプレックスがあるようで、街にはいたるところに

「ニューヨークはビッグアップル、クリーブランドはプラムシティだ」というスローガンのポスターが貼られていた。

「いつストライキが解決するのかわからないが、とりあえずクリーブランドに来た」と答えた。

「なんでまた、こんなに遠いところに。何の意味があるんだい？」

「たしかにね。でも、ある意味、価値のある取材だと思う」

うまく説明しようと思っても、ぼくの英語力では難しかった。というか、ぼくだって何のために来ているのかわからなかったし。

翌日の新聞には、盤上のオールスターゲームとぼくの写真とともに「はるか東洋から、オールスターゲームがないと知らずにわざわざ訪れた哀れな客人」という記事が載っていた。

おいおい、ちがうだろう！

どうやら、ぼく自身がコラムのネタにされてしまったようだ。

その後、ストライキが終わり、8月9日にオールスターゲームが開催された。

ぼくも弾丸取材で再び日本からクリーブランドに飛んだ。

前夜祭が盛大に行われて、目の前にメジャーリーグのスター選手たちがいる。でも、ぼくが会いたかったのはあの記事を書いた記者だった。何かひとこと文句をいってやろうと思った。

ぼくに気づいたその記者は「わざわざ、また来たのかい」と目を丸くしていた。

「うん、きみにギャラをもらおうと思って」

この英語、通じたのかなあ。

ああ、そうだ。長見さんとは村上春樹の話で盛り上がったんだった。編集部では野球やスポーツの話題ばかりで小説の話をすることなんかなかったから、小説の話ができるのがうれしかった。

村上春樹の『街とその不確かな壁』(新潮社)の元になったという40年前の作品、単行本に収録されず幻の中篇とよばれた「街と、その不確かな壁」が掲載された文芸誌「文學界」を貸してくれたのは、長見さんだった。

常盤さんに教えてもらったこと

野球雑誌の編集部で働き始めたころ、ぼくの仕事はテレックスで送られてくる海外通信社の記事を分類するのが主な作業だった。

野球、アメリカンフットボール、バスケットボール、陸上……、さまざまな記事がプリンターから打ち出される。その長いロール紙をジャンルごとに切って、それぞれを束にしておく。といってその束を読む人なんていなかったけど。海外通信社との契約は、ハイカラ好みの常務の見栄だったらしい。せっかくの海外のライターたちが書いた膨大な数の記事は、ぼくが来る前は、だれにも読まれずにゴミ箱に捨てられていたようだ。

野球関係のものしか読まなかったけれど、テレックスの記事はおもしろかった。とくにコラム用の記事の中には、まるで短編小説のようなものがあった。マイナーリーグの選手たちのこと、華やかなメジャーリーグの表舞台に上がれなかった選手たちの話など、日本の読者に紹介することができないのが残念なコラムがたくさんあった。

ぼくは原稿とりや雑用の合間に、テレックスの束から、お目当ての記事をちぎっては読んでいた。日本のスポーツ新聞や週刊誌には、こんな洒落(しゃれ)た記事はないなあ、なんて思いながら。

どうやらアメリカには、スポーツライター、スポーツコラムニストがいるらしい。試合経過やニュースを伝えるだけではなく、スポーツの背景にあること、ライター自身の人生を反映させた原稿を書く人たちがいるのだ。

スポーツライターやスポーツコラムニストのおもしろさを知ったのは、翻訳家、小説家の常盤新平さんの連載が始まってからだ。その連載は、1984年に『ベースボール・グラフィティ』(講談社)としてまとめられた。その後、講談社文庫にもなった。

すでに紙の本はなくなっているが、電子本になっているようだ。古本でさがせば安価で手に入るので、こちらがおすすめ。ハードカバー、文庫本の両方とも日比野克彦の装幀が洒落ていて、持っていて楽しい本だ。

原稿を依頼したのは田村編集長だった。パーティーで常盤さんに会ったときにコラムを連載してほしいと伝えたそうだ。

常盤新平さんはもちろん野球の専門家ではないし、連載を始めたとき、メジャーリーグにくわしいわけではなかった。

ぼくがコラム連載のあいさつに行くと、常盤さんはちょっと困った顔をした。

「いや、引き受けたものの、ぼくはあまりくわしくないのですよ」

それからニューヨーク・タイムズ紙やアメリカの雑誌を持ってきた。

「まあ、おもしろいコラムがありますから、それを紹介するかたちで書きましょう」といってくれた。

常盤さんが実際にメジャーリーグの試合を見たのも、連載が始まって2年目の1983年のことだったという。ニューヨーク・メッツとサンディエゴ・パドレスの試合をシェイ・スタジアムで見たと書いている。常盤さんのアメリカの野球への興味は、もっぱら「読むこと」でひろがっていった。常盤さんは、ニューヨーク・タイムズ紙のスポーツ欄のコラムを読むのが楽しみだった。


常盤さんといえば、1920年代のアメリカについてたくさんの本を書いているが、それはポール・ギャリコの『Farewell to Sport（スポーツよさらば）』を読んだのがきっかけだったそうだ。ベーブ・ルースをギャリコによって知ったことが20年代のアメリカへの興味をいっそうかきたてたと書いている。

『雪のひとひら』（矢川澄子／訳、新潮文庫）や映画になって大ヒットした『ポセイドン・アドベンチャー』（古沢安二郎／訳、早川書房）の作者が若いときはスポーツライターだったことをぼくが知ったのは、常盤さんのコラムを読んだからだった。

のちに『フィールド・オブ・ドリームス』というタイトルで映画化された『シューレス・ジョー』（W・P・キンセラ／著、永井 淳／訳、文春文庫）のことを知ったのも常盤さんが「最近、話題になっている野球の小説があるんですよ」と教えてくれたからだった。

ロジャー・カーン、ロジャー・エンジェルといったライターたち、それからレッド・スミスというコラムニストのことを教えてくれたのも常盤さんだった。ピューリッツァー賞を受賞したレッド・スミスは、アメリカでもっとも人気のあるスポーツライターといわれている。

常盤さんもスミスのコラムが好きで何回かスミスの著作を取り上げている。ぼくがメジャーリーグの増刊号を作ったときも、常盤さんに原稿を依頼したのだが、常盤さんがテーマに選んだのはスミスのことだった。1982年に亡くなったスミスの追悼記事についてだったかな。写真はスミスの『TO ABSENT FRIENDS』の書影を使った。『TO ABSENT FRIENDS』は、のちに翻訳されて『今はなき友へ――ベスト・コラム』（東 理夫／訳、東京書籍）として出版された。

『ベースボール・グラフィティ』は、1980年代に書かれたものなので、話題はもちろん古い。それでもこの本に書かれたコラムを読めば、きっとアメリカ人の心の奥底にある「ベースボール」への愛情のあり方が伝わってくるにちがいない。

野球のおもしろさはチームの勝敗、選手の成績を追うことであるけれど、背景にあるドラマを描いた名コラムストたちの文章は勝負以上に深いものがあるんだなあ。そんなことを教えてくれたのは常盤新平さんだった。

常盤さんに会っていたのは、たった1年ほどだった。週1回、市ヶ谷にあった仕事場にうかがった。新米編集者だったぼくは、憧れの翻訳者を前にして緊張して、気の利いたことなど話せず、ただ頭を下げて原稿をいただだいただけだった。締め切りどおりに原稿をいただくことのほうが少なかったかもしれない。仕事場のポストに入れておくという連絡をもらっても、空振りをすることが何度もあった。

ある日、新宿駅に来てほしいと電話があった。その日に原稿を印刷所に持っていかなくてはまに合わないギリギリのタイミングだった。はたして本当に常盤さんは来るのだろうか？　ぼくは時間を気にしながらやきもきして待っていた。

新宿駅の南口、改札口を出たところに常盤さんの姿が見えた。あわてて駆け寄ったぼくに、常盤さんが深々と頭を下げた。

「きょうはあやまるために来ました」

そういって常盤さんは改札口に消えていった。

呆然とぼくは常盤さんの後ろ姿を見送っていた。

背が低くて、白髪がまじった短髪、どこにもいそうなおじさんだったけれど、お洒落な人だった。仕立てのいいジャケット、パーカーの万年筆、ブルーのインク、読みにくい文字、その一つひとつのことが憧れだった。

常盤新平さんは、後ろ姿が似合う人だった。いつかあんな後ろ姿を見せられる人になっていたい。

翻訳の仕事を始めたころ

翻訳の仕事を始めたきっかけは、野球雑誌でメジャーリーグの原稿を書いていたことだった。フリーランスになっていた編集部の先輩が翻訳の仕事を紹介してくれた。ぼくが会社を辞めたことを知って心配してくれたのだろう。

「自分には恋愛小説なんかできないから」とぼくに仕事をまわしてくれたのだ。ロマンスに無縁なぼくだって恋愛が得意なわけがなかったが、会社を辞めたばかりで仕事を選ぶなんてぜいたくはできない。なんでも引き受けなくてはならなかった。

小説は「シルエット・スペシャル・エディション」（サンリオ）という恋愛小説のシリーズだった。

指定された編集プロダクションの事務所に行くと、編集長というか、事務所の社長らしき男性がいた。まだ40代のように見えた。面接といってもとくに何を聞かれるわけでなく、ペーパーバックのいかにもロマンス小説らしい装丁の本をわたされて「とりあえず第1章を翻訳して持ってきてください」といわれた。締め切りは、2週間後だったかな。

ぼくはすぐに翻訳にとりかかった。400字詰めの原稿用紙を買ってきて、1本だけ持っていた万年筆を使って書き始めた。万年筆なんか使ったことがなかったのに気合が入っていたんだろう。万年筆というのは、へたな字がますますへたに見えるようで失敗だったなあ。

野球の記事は長くても原稿用紙10枚にもならない分量だったし、小説なんか英語で読んだこともなかった。しかもまるで縁のない恋愛小説だ。とにかくワンセンテンスごとに辞書を引きながら原稿用紙に文字を埋めていった。

両親とも翻訳家だったから仕事をしている風景は見慣れていたが、自分が翻訳をするとなるとまったく自信がない。

「読んでいてしっくりこないときは誤訳している可能性が高い」「とにかく文章の頭から訳していく」といった、以前に聞いたことがある両親のアドバイスを思い出しながら進めていった。

なんとか第1章の翻訳を終えて事務所に持っていく。社長らしき人は原稿にさっと目を通した。ほんの数分だったように思う。

「文体がロマンス小説というよりハードボイルドのようですね。まあ、いいでしょう」

たしかに小説の冒頭の部分は探偵小説のようだったから、そのつもりで翻訳してしまった。

社長はペーパーバックをぼくに手わたした。表紙には〝いかにもロマンス小説〟のイケメンとブロンドの美女のイラストが描かれていて、タイトルは『やさしい嘘（Tender Deception）』（パティ・ベックマン／著）とあった。翻訳本になったときは『文字のない手紙』とタイトルがつけられていた。

「それでは1か月でお願いします」

これがぼくの翻訳家としての仕事の第一歩だった。

それから朝起きるとすぐにデスクに向かい、辞書を引きながら翻訳をしていった。いちおう最後までを読んでから翻訳を始めたほうがいいのかもしれないが、どうも落ち着かないので読みすすめながら、とにかく原稿用紙に書き込んでいった。

それほど難しい英語ではなかったけれど、なるべく辞書を使うようにした。ストーリーは、飛行機事故で記憶を失い容貌も変わってしまった女性が自分の姿をさがし始める物語だった。ニューオリンズを舞台に、ジャズが小道具として巧みに使われて、読んでいても楽しかった。

ひと月のあいだ、朝から晩まで必死に仕事をして、原稿用紙６００枚ほどになった。ワープロがなかったから、ひたすら文字を書かなくてはならない。ときどき書き終えた原稿用紙をそろえてデスクの上でトントンとしてそろえる。それが快感だった。

６００枚の原稿用紙を事務所に持っていく。社長は不在だった。事務をやっている秘書の女性があとで連絡をするという。

数日後、電話があって再び事務所に行くと秘書がいて、原稿はオーケーが出ましたといわれた。ただ長すぎるので短くしなくてはならなくて、その作業は別料金を出すけれどどうでしょう、ということだった。翻訳と同じ金額だったような気がする。もちろん引き受けた。

６００枚近くあった原稿を２００枚ほど削る作業をしなくてはならない。コンピューターもワープロもない時代だったので、作業をすべてアナログ、手作業でしなくてはならない。原稿を読みながら文章を削っていく。

編集の仕事もしていた父が手伝ってくれて、大胆に文章を切る方法を教えてくれた。本当にはさみを使って原稿用紙を切ったり、つなげるために糊を使って貼りつけたりした。

ひと月後に原稿を持っていく。そのとき秘書に「いかがでしたか？　おもしろかったですか？」と聞かれた。

ここでぼくの若さが出た。仕事はおもしろかったのだが、作品としてはあまり良いものとは思えません、などと正直にいってしまった。まだ若かったぼくは少しつっぱっていたのかな。とんだ失言だと思う。秘書の苦笑いの表情をまだ覚えている。

ああ、あのときに、もうすこしお愛想をいっていれば、また仕事をもらえたのかもしれないが、二度と声がかかることはなかった。

古書店で見つけた『文字のない手紙』を読んでみたら、なかなかおもしろい。翻訳だって悪くないと思うのだけど。

ぼくの初めての翻訳家としての仕事はこんなふうに始まって終わった。その後、ぼくは雑誌の取材やリライトの仕事に追われることになる。

ただ、この翻訳したロマンス小説が思わぬかたちでつぎにつながっていった。自分の息子がロマンス小説の翻訳をしたことをおもしろがった児童書の翻訳家だった母が、編集者Oさんにわたしたらしい。

ちょうど新しい翻訳のシリーズを企画していて、若い翻訳家をさがしていたということで、ぼくにやってみないか、と声をかけてくれた。このときは、親の七光りだとは思ったけれど、Oさんは「ちゃんと翻訳したものを読んで判断した」といってくれたのでありがたく引き受けることにした。

それがぼくが初めて翻訳した児童書だった。E・W・ヒルディックの作品で、幽霊になった4人の少年が活躍する「幽霊探偵団」というシリーズだ。『とびだせ幽霊探偵団』『幽霊探偵団コンコルドにのる』『幽霊探偵団ハロウィン大作戦』『幽霊探偵団殺人鬼を追う』（講談社）の4冊だった。挿絵は中地智さん。

ちょうど時代はコンピューターが一般的になったころで、ぼくもMS-DOSコンピューターのワープロソフトで原稿を書いていた。書籍の印刷も新しい技術が導入されて、Oさんが幽霊探偵団のシリーズは印刷のときに自動的にルビが入るシステムを使うといっていたのを覚えている。

さて、ぼくはこのシリーズの最終刊『幽霊探偵団殺人鬼を追う』で大失敗をやらかしてしまう。原書をもらって試訳をしようとしたところ、どうもうまく訳せなくて考えこんでしまった。きっと誤訳をしているにちがいない、と思ってゆっくりやり直そうと思った。ちょうど自宅のプリンターが壊れてしまったので、アシスタントの編集者の方にプリントアウトをお願いした。メールなんてない時代だったので、フロッピーにデータを入れて手わたした。

そうしたら2日後くらいに編集部に呼び出された。人事異動があって、Oさんは別の編集部に移り、新しい編集長がやってきていた。もともとベテランの児童書担当の編集者だった。

ぼくが編集部に行くと、いきなりプリントアウト紙をわたされた。赤字で訂正がたくさん書き込まれていた。

「こんな翻訳をする人に仕事をまかせられませんね。親が有名な翻訳者でも、我が社ではそんなことは通用しません！」ときっぱりいわれた。

もちろん、おかしな翻訳をしているのは自分でもわかっていたから、ぼくには何もいえない。試訳のプリントアウトを他人に頼んだ自分が悪い。最終刊も最後まで翻訳させてもらったけれど、その後のシリーズの扱いは目に見えて残念なものになった。自分でも情けないし、仕事をやらせてくれたOさんに申し訳ない気持ちでいっぱいだ。いまでもあの場面が夢に出てきて、顔から冷や汗が噴き出て目がさめることがある。金輪際、翻訳の仕事はしたくないな、と思った。いまでも翻訳の仕事を依頼されるとき、このときの気持ちが甦（よみがえ）る。胸を張って自分が翻訳家だなんて絶対にいえない。

ところが、人生、何が起こるかわからない。このシリーズがぼくをつぎの世界へ誘（いざな）う入り口になった。

少女漫画のころ

ぼくの翻訳の文章がいいかどうかは別にして、最初の本を出したとき「あとがき」だけはよくほめられた。野球雑誌のときにお世話になった田村大五さんにも本を送った。田村さんから、「あとがきを読んだけれど、いい文章だったねえ」といわれた。きっと「あとがき」しか読んでいないからだと思うけれど、それでもうれしかった。

その「あとがき」が思わぬ展開を生んだ。


そのころ、ぼくは児童書の編集部に勤務していた。ほかの出版社から本を出すことも許してくれていたし、初めての本が出たときは編集長はじめ先輩たちも喜んでくれた。個人的な打ち合わせの電話もこころよく取りついでくれた。

ひさしぶりにOさんから電話があった。

「ちょっとおもしろい話があるんだけど」とOさんは打ち合わせの場所を指定した。

新宿の喫茶店に行くとOさんは先にテーブルについていた。

誤訳事件のことがあって、ぼくはOさんに会わせる顔がないと思っていたので、何を話したらいいのかわからず、あいさつだけしてコーヒーをひと口のんだ。

Oさんは、ニコリとした。

「きみが独立するために、何か手助けになるんじゃないかと思って」

いやいや、会社を辞めるなんてまだ決めてないから……。

いきなり「独立」だなんていわれて、ぼくが驚いているとOさんは説明を始めた。

「じつは、少女漫画の雑誌『なかよし』がミュージカルを企画しているんだけど、きみ、やってみないか」

話によると『なかよし』と大手芸能プロダクションの共同企画でミュージカルをやることが決まっているが、その原案をさがしているという話だった。『なかよし』のT編集長によると、漫画家は決まっているのだけど、ミュージカルにするには元になる物語が必要で、まったくの新人を起用したい、という考えらしい。

「それでね、ぼくが推薦したら、ぜひに、という話になった」

少女漫画にまったく縁がないぼくがどうして選ばれたのか、まったく見当がつかなかったけれど、『なかよし』のT編集長がぼくの本のあとがきを読んで判断したという。

漫画家は、ひうらさとるさんだった。当時、『なかよし』の若手ナンバーワンの漫画家ですでにヒット作を描いていた。

『なかよし』編集部としては、ミュージカルと漫画という二本立てで話題を作りたいということだったのだろう。

打ち合わせには、T編集長、ひうらさとるさん、担当編集者のTAさん、そして大手広告代理店のKさんがいた。山の上ホテルの会議室だったと思うが、場ちがいのぼくはどうにも落ち着かなかった。

テーマは「現代のシンデレラ・ストーリー」だった。

広告代理店のKさんは、芸能プロダクションの社長の言葉として「ガラスの靴が登場するような、古臭いありきたりのものではなくて、ロック世代の新しいストーリーにしてほしい」といってプレッシャーをかけてくる。

野球の記事は書いたことはあるけれど、小説など書いたことはなく少女漫画を読んだこともない。

そんなぼくがミュージカルのストーリーなんて、書けるだろうか？　なんていってはいられない状況だった。

どうしたらいいんだろう？　締め切りは1か月後ぐらいだったのかな。シノプシス、つまりあらすじでよかったのだが、とりあえず担当編集者のTAさんからひうらさんの作品をはじめ、いろんな少女漫画を借りて読みまくった。プロの作家ならば、キャラクターの設定の仕方やストーリーの展開の仕方を分析するのだろうけれど、ぼくは読者としてドキドキしたり、涙をこぼしたり、まるで10代の女の子の気分になっていた。分析はできなかったけれど、こんな胸がキュンキュンするストーリーを書いてみたい、という気持ちになっていた。

シンデレラというテーマがあったので、その舞台を現代にして書いていった。ときには女の子になりきってセリフらしきものをブツブツといいながら、ストーリーをキーボードに打ちこんでいった。ぼくはストーリーにつまると、立ち上がって部屋の中を歩きまわりながらブツブツいうくせがあるようだ。

シノプシスを書くあいだ、打ち合わせということで2度ほどT編集長とKさんに赤坂のクラブに呼び出された。ヒップホップが流れるクラブではなく、赤い絨毯（じゅうたん）のほうのクラブだ。ぼくはとくに話すことはなく、ふたりの業界話をボーッと聞くだけだった。

居心地が悪くて、それだけで引き受けたのを後悔していた。

とにかくシノプシスを完成させた。どんな内容だったかよく覚えていないが、自分としてはなかなかいいでき栄えだった。ロックを演奏するシーンをたくさん取り入れた。Kさんからの返事も合格点をもらえた。

「いやー、いいですよ。社長もこれこそぼくが望んでいたストーリーだ、といってましたよ」とうれしそうだった。

ところがそれから連絡はぷつりとなくなった。僕が書いたのはシノプシスだから、それを脚本に書き上げたり、ミュージカルだから作曲もしなくてはならないだろう。役者のオーディションもあるんだろうな。そしてもちろん稽古に入ったらいそがしいだろうし、ぼくになんの連絡がないのも当たり前だと思っていた。

ぼくは担当編集者のTAさんに頼まれてパンフレットの制作を手伝った。練習風景の撮影や、俳優紹介ページのアイデアやコピーなど久しぶりに雑誌感覚の仕事は楽しかった。

そしてミュージカル『ぼくのシンデレラ』の初日を迎えた。

演出は有名な演出家の鵜山仁さんだったし、ワイヤーを使ったフライングもあったし、それなりにおもしろかった。

だけど……、ストーリーはいわゆる古臭いシンデレラストーリーで、ガラスの靴まで登場した。なんだか話がちがうなあ。

初演が終わったあとのパーティーにも呼ばれて、ぼくは会場のすみっこで小さくなっていたが、広告代理店のKさんを見かけたのであいさつをした。ところがKさんは、みごとにぼくの顔を忘れていた。何度も打ち合わせをしていたのに。

しばらくして気がつくと、「やあ、あのストーリー、最高によかったんですけれど、いろいろあって」と作り笑いをしてきまり悪そうに去っていった。

そんなものなんだな、世の中は。

ぼくのシノプシスはまったく採用されなかった。それはくやしくはあったのだけど、ミュージカルの仕事に声をかけてもらったから、ストーリーを考えるという新しい経験ができたのだし、いままでまったく縁のなかった少女漫画の世界に、ほんの少しでも関わることができたのはおもしろかった。


人生っていうのは、穴に落ち込んでもだれかがロープを投げてくれるものらしい。T編集長から、このままで終わるのは惜しいから原作を書かないかとオファーをいただいた。

シノプシスを書いたことでストーリーを書くおもしろさを知ったぼくは、あらためて挑戦できるのがうれしくて、ありがたくオファーを受けることにした。

最初の仕事はひうらさとるさんの『月下美人』という作品だった。

もちろん原作の仕事をしたことなんかまったくなかった。担当のTAさんからアドバイスをもらいながら、シノプシスの要領で書くことにした。ひうらさんが描きたいキャラクターをもとにして、場面を設定して書いていった。

原作を任されたものの、ひうらさんは一流の作家だからすでに自分の中にストーリーがあったはずだ。だから、いくらぼくがストーリーを書いても、漫画ではそのとおりにはならない。ぼくのアイデアが採用されるのは、ほんの少しだった。ひうらさんもきっとやりにくかったんじゃないかな。

こんなことでいいのだろうか？　じっと悩みながら書き続けた。ひうらさんに限らず、原作の仕事というのは、毎回が漫画家さんとぼくがそれぞれ考えるストーリー展開のおもしろさの勝負のようだった。たいていの場合、ぼくが負けてしまう。くじけそうになってもＴＡさんや、ほかの担当編集者に励まされたおかげで辞めようとは思わなかった。


講談社にはX文庫という少女小説のシリーズがあったのだが、『なかよし』の漫画のノベライズをすることになった。ひうらさんの『月下美人』がラインナップされて、ノベライズをぼくが担当することになった。このときは、ぼくの原作をもとにして書くことができた。ミュージカルになったこともあって、X文庫『ムーンライトシンデレラ――月下美人』の売り上げは好調だったらしい。思わぬところでぼくは小説家デビューしたわけだ。

そのときにT編集長にペンネームをつけてほしいといわれた。ぼくが考えあぐねていると、T編集長が提案したペンネームが「芳賀ゆい」だった。

「はがゆい」！

T編集長としては、ミュージカルの原作、漫画の原作、小説と自分を売る材料をたくさん与えているのに、どうも煮え切らないぼくのことがよほど「はがゆかった」のだろうなあ。ペンネームはロマンス小説に使った「芳村杏」にしてもらった。

仕事をもらえてうれしかったのはもちろんだが、どこか地に足がついていない、というか、このままうまくいくわけがないという不安ばかりが募っていった。

ミュージカル、漫画の原作、ノベライズ小説といっても、すべて企画にのっかっているだけで、裏方の仕事だった。企画がなくなれば、ぼくなど必要とされなくなるだろうし、遅かれ早かれその日が来ることはわかっていた。

それでも忙しい日々は続いた。まだ児童書の出版社に勤めていたので、午前9時から午後6時までは会社の仕事をして、そのあとに講談社に行って打ち合わせをする。帰宅してから夜中過ぎまで原稿を書くという生活をした。

少女漫画の仕事はすぐに終わるかと思っていたけれど、『月下美人』が終わったあともあゆみゆいさんの『うぇるかむ！』や片岡みちるさんの『うしろのはてな』、なかの弥生さんの『くせになりそう』『超くせになりそう』『かえで忍法帳』と続けることになった。『超くせになりそう』はNHK-BSでアニメ化されて、スタジオでアフレコなども見学させてもらったっけ。

いわゆる大ヒットした作品があったわけではないので、どれだけ読まれていたかは実感がない。でもときどき30代くらいの女性から「読んでました！」といってもらえると、この仕事をやっていてよかったなあ、とうれしくなる。

絵本との出会い

絵本との出会い

絵本の翻訳なんて、やるつもりはなかった。

出版社によるぼくのプロフィールを見ると、「週刊誌・児童書の編集者を経て、児童書の翻訳、編集、ライターなどをしながら、音楽活動をしている」と書いてある。

もちろんそのとおりなのだけど、「ぼくは翻訳家です」とか「ライターです」とか「音楽家です」などと胸を張っていえない気がする。いままで、何かの職業を目指したわけではなく、成り行きでいろいろな仕事をやってきた、というか、やらせてもらってきた、というのが本当のところだからだ。ぼくには本職というものがないような気がする。

それでも、いままでやってきた仕事はみんな好きなことばかりだったし、楽しさの度合いのちがいはあってもすべて「やってよかった」と思える。

とくに絵本の仕事は、この仕事に出会えて幸福だと思っている。

2015年に箕面（みのお）・世界子どもの本アカデミー賞絵本賞をいただいた。この賞は、「子どもたちから支持されている本を、子どもたち自身が選ぶ」ということだった。読者である、子どもに選んでもらったことが本当にうれしかった。

そのとき選ばれた絵本は、『ちゃんとたべなさい』（ケス・グレイ／文、ニック・シャラット／絵、小峰書店）だった。

この絵本は、デイジーという豆がきらいな女の子と母親とのやりとりをおもしろおかしく描いた話で、結局デイジーは豆を食べずに、母親といっしょに仲良くアイスクリームを食べるところで終わっている。

この絵本が出たときのことを覚えている。

「教育的でない！　最後に豆を食べないと、親としては困ります！」とお叱りを受けたのだ。なかには子どもに読み聞かせをするとき、結末をお豆を食べないのではなく、「おかあさんとデイジーはなかよくお豆を食べました」と文章を変えたという人もいた。

うーん、いったいなんのために絵本を読んでいるんだろう？

でも、やっぱり子どもはわかってるんだよなあ、この絵本のおもしろさは通じているんだ！　とまったく教育的でない翻訳家のぼくは「してやったり」の気分だった。受賞のあいさつでは「大人は嘘をつくから、まず疑ってかかれ」という内容を話したことを覚えている。

授賞式の日、賞をいただいたこともうれしかったが、同じくらいうれしかったのは、会場のホールにあった市立図書館をのぞいたときに、同じシリーズの『デイジー、スパイになる』を手にとってうれしそうにしている男の子を見かけたことだった。

自分が翻訳した絵本を楽しそうに読んでいるすがたを見るのは、「この仕事をやってよかった！」と心の底から思える瞬間だった。

ぼくが翻訳した絵本は、ベストセラーになったものはないし、あまりセールスが芳しくなく品切れになった本もある。もしかしたら翻訳がうまかったら、もっと売れたのかもしれない、と責任を感じることもある。ただ、絵本はベストセラーでなくて書店の棚から消えても図書館に置いてあることが多くて、長い期間、子どもたちに読んでもらえる。それがなによりもうれしい！

もともと絵本の翻訳をすることになるとは思っていなかった。ぼくの母は『おおきなかぶ』（A・トルストイ／再話、内田莉莎子／訳、佐藤忠良／画、福音館書店）や『てぶくろ』（エウゲーニー・M・ラチョフ／絵、うちだりさこ／訳、福音館書店）といった多くの絵本や児童文学の翻訳をしている内田莉莎子、ということもあって、もしぼくが絵本の翻訳などしようものなら「親の七光り」といわれるに決まっていたし、それ以前に、自分に絵本の翻訳をする能力があるとは思っていなかった。

絵本の翻訳を初めてしたのは、1998年のことで『おねえさんになるひ』(ローレンス・アンホルト/作、キャサリン・アンホルト/絵、徳間書店)だった。担当編集者の米田佳代子さんは、もともと内田莉莎子に依頼するつもりだったという。母は、1997年に亡くなっていたため、だれに依頼するか考えていたという。

「賭けといえば賭けだったわね」とこの絵本が出版されたあとで米田さんがいっていた。それはそうだろう、翻訳者としてなんの実績もないぼくに仕事をまかせるのは勇気のいることだったと思う。

ぼくにとっても絵本の翻訳をすること、しかも母の代わりに仕事をするのはプレッシャーだった。父が前年に火災のため亡くなっていたこともあって、当時は混乱の日々を過ごしていた。自分の仕事のことも先が見えず、ある意味どん底の状態だった。

米田さんは、母がとても信頼を寄せていた編集者だった。その米田さんがほかの人ではなく、ぼくを翻訳者として選んでくれた。ぼくはありがたく引き受けることにした。

『おねえさんになるひ』は、赤ちゃんが生まれるのを心待ちにしていたソフィーという女の子の話だった。とても楽しみにしていたはずなのに、赤ちゃんが生まれると、おかあさんおとうさんは赤ちゃんにかかりっきりで、ソフィーのことはいつもあとまわしになってしまう。「赤ちゃんなんかもういらない！　どっかにいっちゃえ！」

雪の中、ひとり庭に出て泣くソフィーを、おとうさんはやさしくだきしめた……。

「おとうさんの気持ちになって書いてね」と絵本の原書を受け取ったとき、米田さんがいった。いったいどんな気持ちで翻訳したのかはあまり覚えていないけれど、素直な文章を心がけたのだと思う。

母、内田莉莎子は〝天才的な翻訳家〟と多くの編集者にいわれた人だったけれど、基本的には素直な文章を書いていた。奇をてらうことなく、流行にとらわれず、ひたすらに原書の文章を丹念に翻訳していた。語学はもちろんだけど、日本語の豊かさが大切だといつもいっていた。そして「読者に親切にしなさい」は、いつもいっていたことだった。

米田さんとはそれからも、数は多くなかったけれど、ぼくにとって重要な絵本をいっしょに作ることができた。

ある日、米田さんからメールが来た。「ちょっと変わった絵本があるんだけれど、やってみる？　原書を送るから、もしだめだったらそれでもかまわない」

しばらくして原書が届いた。

絵本のカバーに描かれていたのは、牙を生やしたモンスターと石のうさぎだった。さっそく読んでみると、なかなか哲学的な内容だった。

昔、醜い怪物がすんでいた。あまりに醜くて、怪物を見ると動物たちは逃げてしまい、花や木々はあっというまに枯れてしまう。

だが怪物は、みかけはこわくても、やさしい心の持ち主だった。友だちがほしい怪物は石で動物を作るのだが、その石の動物も怪物の醜さにあっというまに崩れてしまう。たったひとつ石のうさぎだけが残った。怪物は石のうさぎをたったひとりの友として歌い、踊り、海を眺めて暮らす。そしてやがて怪物は生涯を終える。怪物が去ったあと、動物たちは戻り、花も咲き乱れる。石のうさぎだけは、ずっとそこにいつづけた。

哲学的な内容で翻訳しながら、この絵本がどんなメッセージを伝えようとしているのだろう？　と考えこんだ。このいいまわしでいいのだろうか、と編集者の米田さんとメールでやりとりをした。やりとりをしながら、とにかく原文を素直に翻訳する、という原点に戻ることにした。何をメッセージとして受け取るのかは、読者に託されているのだから、と思った。

米田さんと何度もやりとりを繰り返してできたのが『ひとりぼっちのかいぶつといしのうさぎ』（クリス・ウォーメル／作・絵、徳間書店）だった。いま読んでもいろいろな感情がわいてきて、ぼくにとっても心に残る絵本だ。

米田さんからも「よく、わたしのしつこさについてこれたわね」とほめられた。

子どもたちに理解してもらえるか心配だったのだけど、子どもたちは、ときに怪物の立場になったり石のうさぎになったりして、この絵本の世界に浸ってくれているようだった。どんなことを考えるかなんて正解なんてないし、解答を求める必要もない。そんな絵本だと思う。

『ひとりぼっちのかいぶつといしのうさぎ』は、米田佳代子さんという編集者とともに作った一冊であり、編集者という存在がいかに重要かということをあらためて思った一冊だった。

「あなたには、いわゆるかわいい絵本は向かないから、またぴったりくる作品があったら頼むわね」

そして米田さんは「翻訳でなくて、自分の文章を書いてみたら」といった。

また来年、新年会をしようと別れた２００４年暮れ、米田さんはスマトラ島沖地震による津波で亡くなってしまった。

自分の文章を書く、それはぼくにとって永遠の宿題のようになっている。

あれから20年近く経って、ぼくは、やりかけの宿題をときどき机の上にひろげている。

アームチェアトラベラー

世界は広いなあ！　とあらためて感じる絵本の仕事をしたことがある。

新しい本が出ると、ＳＮＳに写真をのせて、お知らせをしている。ぼくが翻訳する絵本は、どういうわけか書店になかなか置いてもらえない。すこしでも多くの人に知ってもらいたくて宣伝している。

いつにも増してたくさんの人に「いいね」をもらった絵本があった。自分が関わった本で、こんなに反響があったのは初めてだった。

でもこの本、ぼくが翻訳をしたわけでなく、クレジットにあるように編集協力、つまりお手伝いをしただけなので、なんだか、複雑な気分ではあった。

その本は２０１４年に出た『マップス　新・世界図絵』（徳間書店）という大型絵本。マップスというタイトルのとおり地図の本だった。

ポーランドの絵本作家アレクサンドラ・ミジェリンスカとダニエル・ミジェリンスキ夫

妻の作品で、世界42か国の食べ物、建物、偉人、動物、植物を調べてイラストマップにしている。まる3年かかったという力作。ひとつの国を1見開きで展開して、その国の地図の上にぎっしりとイラストが描き込まれている。ちゃんと数えていないけれど、イラストの数は4000点以上だそうです。1見開きに100点近いイラストが描かれていて、それに説明がついている。ちなみに日本語のレタリングも作者によるもの。担当編集者のTさんに聞いたら、デザインにはすごいこだわりがあるそうだ。

SNSで反響があっただけでなく、本当に大ヒットになった。大型絵本で定価も高価だったのに品切れする店も多くて、小さな書店では入荷待ちになったそうだ。タワーレコードの書籍売り場にディスプレイされた本を見たときは驚いた。「これが自分のCDだったらいいのになあ」なんて思ったものだ。

編集者に『マップス』の原書を見せてもらったとき、「おもしろい！」とすぐに仕事を引き受けた。でも仕事はおもしろかったけれど、たやすいものではなかった。

ぼくの仕事は、かんたんにいえば、翻訳された説明文の確認作業だった。日本の読者に説明不足のものがあれば、調べてテキストを書き加える。

たとえば、お城のイラストがあって、原書には「歴史的な建物」という説明がついている。それがなんという名前の建物であるかは書いていない。翻訳者が手を抜いたのではない。原書にも書いていないのだから。

その国の人ならばイラストを見ただけで「あー、あの城だ」とわかるのだろう。でも、さすがに歴史的な建物という説明だけでは、いかにもそっけないし、日本の読者には不親切だ。そこで調べることになる。その国のそこの地方にある歴史的建造物をあたってみたり、イラストをたよりに画像検索をかけて似た建物がないかをさがす。

歴史的なものならば、まだいいけれど、スキー場のリフトのイラストなんかだと、いったいどこのスキー場なのかさがすことになる。見つけられたのは奇跡的といえそう。作者の名誉のためにいうけれど、イラストは建物や場所の特徴をとらえていて、名称を書かなくてもわかるはず、という考え方をしているのだろう。

調べるものは建物だけでなく、食べ物、人、動物、植物と多岐にわたっていて、いくら調べても調べ終わらない。永遠に続くかと思った。ふーっ。途中で投げ出したくなることもあったけれど、担当編集者Tさんの驚異のねばりがあったからこそ、続けられたようなものだ。

地名もどうしてこんな小さな島を描いちゃったの、とぼやきたくなるほど意外な場所が載っている。当然、日本で出版された地図帳には出ていない。毎日、いろんな図書館に通ったけれど、空振りばかりだった。

しかたがなく大使館や観光局に電話をして問い合わせるのだけど、これもお国柄が出るのか、とても丁寧に教えてくれる国があるかと思うと、いわゆる「お役所的な」対応で、こんな些細（ささい）な質問など相手にもしてくれない国などさまざまだった。事務的にそれではしばらく待ってほしいと電話で答えてくれたものの、いまだに返事をくれない大使館もあったりして。

大使館よりも観光局のほうが親切な対応をしてくれた。

最大の難関は言語だった。

英語、フランス語、ドイツ語あたりならば、まだ見当がつくのだけど、ヒンディー語とか、アフリカの言葉とかになると、もうお手上げになってしまう。

日本語版では国名の発音をカタカナで表記しているのだけど、英語だけでなく、現地の言葉もルビをふっている。ところがこれが意外とたいへんで、どうしても読み方がわからない国があった。

こんなことがあった。アフリカのある国の観光局の担当者（日本人）はとても親切で、すぐに現地語での発音を大使館員に聞いてくれた。ところが原書に出ている「共和国」の部分を省略している。その大使館員がいうには、現地語では「共和国」とはいわないという。

担当の編集者Tさんに報告すると、やはりねばりの人！　原書に書かれたとおりの発音を知りたいとのことだった。それでもういちど、観光局に電話してお願いすると、同じ人物には聞けない、無理です、という返事だった。

「じつはこの国の人は、とてもプライドが高くて、いちど口にしたことはぜったいに覆さないんです」と小さな声で教えてくれた。

それでは、だれかほかの人では？　とお願いすると、どの人がその言葉を話すかわからないらしい。

多言語の国なのだな。

結局、親切にも本国に問い合わせてくれて1週間後に解決した。

たったひとつの国名の発音だけで、こんなに時間がかかることになった。

これに懲りたぼくは、ヒンディー語がわからなかったときは、大使館に問い合わせても〝即答〟が期待できないと思って、インド料理のレストランに飛び込んだ。

カレーを注文がてら、紙切れに書いた単語を見せて、「これ、なんと読むんですか？」

と聞いてみた。ウェイターの人は唐突な質問にぽかんとしたけれど、丁寧にナプキンに書いてくれた。

世界は広いなあ、とぼくは思わずつぶやいていた。

大使館の人の対応にその国の抱えるさまざまな事情をかいまみたり、習慣のちがいを感じたり、この仕事をしなければわからなかったことばかりだ。

それにしても人見知りのぼくには、ハードルの高い仕事だった。

そういえば昔、講談社の若者向け雑誌「ホットドック・プレス」の仕事をしたときは、企画を立てるのに「リサーチ」といっておもしろそうな「ネタ」をさがして、1日に何十軒のお店に電話をしたことがあった。インターネットのない時代だったから、電話をするか、実際に足を運ぶしかなかった。相手にいやがられてどなられたことも数回あるし、迷惑を承知で電話するのが本当にいやだった。そんな苦労のことなど、本社の編集部の人たちはまったく知らないみたいだったしなあ。

『マップス』の仕事は、インターネットがある現代でも結局、調べる仕事は実際に足を運ばなくてはできないことが多いことを教えてくれた。

世界には、たくさんの国があってそれぞれの事情があって、いろいろな人が住んでいる。当たり前のことなのだけど、あらためて「ああ、ほんとなんだな」と実感した。

『マップス　新・世界図絵』は、アームチェアトラベラーのように大判のイラストマップを見ながら、その国の音楽でも聴けば、旅気分を満喫できる楽しい絵本。もし興味があれば、ぜひ手にとってほしい。その楽しさの陰には、たくさんの地味な仕事があることを感じてくれればもっとうれしい。

絵本を翻訳しながら考える

絵本を翻訳するとき、できるだけ原文に素直な翻訳をすることを心がけている。それは母、内田莉莎子から学んだことだった。たとえば母が翻訳した『おおきなかぶ』は教科書にも取り上げられて、しばしば教育の場で読まれている絵本だ。「力を合わせれば、どんな困難も解決できる」話として解説されることも多い。母は、もちろん絵本にそれだけの力があることを理解していただろう。それでも「どうしてそんなに難しいことをいうのかしら。お話の展開がおもしろいのだから、それを楽しめばいいのに」といっていた。あまりに物語を教育の方向に持っていくことに戸惑いを覚えていたようだった。

ちなみにこの絵本で有名なかけごえ「うんとこしょ　どっこいしょ」は原文にはなくて、母が思いついたという。このへんが翻訳家・内田莉莎子のセンスだと思う。こんなとき母は、読者である子どもを喜ばせようとしたのではなく、自分が楽しんでいたのではないか、とぼくは思っている。いい文章、ぴたりとする言葉を見つけたときの、母のうれしそうな顔を忘れられない。

最近ではロシアのウクライナ侵攻によってウクライナの民話を絵本にした『てぶくろ』が注目されている。画家のラチョフは多民族を意識していて、てぶくろに入る動物にいろいろな民族衣装を着させている。だけど、母の翻訳は、そのような意味をとくに意識せずに、素直にリズムのよい文章を書いている。動物たちがてぶくろに集まってくる様子をユーモアたっぷりに描くこと、それだけを考えている。

翻訳をするときは、原書の文章を素直に日本語にすること、読者にわかりやすくすること、そして文章のリズムをよくすることが大切だ。それが母から学んだことだった。

翻訳をするときは、原文を大切にして、その絵本からどんなメッセージを受けるかは読者にまかせるようにしている。いろいろなことを絵本から受け取ってほしい。

ただ一冊の絵本に向き合うとき、絵本作家の思いをきちんと受け止めなくてはならないと思う。だから絵本から感じること、そして考えることが大切だと思う。

その絵本がどのようなメッセージを持っているのか、考えながら文章にしていく。担当の編集者と意見を交わすことも多い。

たとえば２０１９年の秋に出た『せかいいち しあわせなクマのぬいぐるみ』（サム・マクブラットニィ／文、サム・アッシャー／絵、徳間書店）という絵本は、クリスマスシーズンに向けた、とてもかわいい物語だった。

いまから50年以上前、メアリー・ローズという女の子が、おこづかいをためて、クマのぬいぐるみを買って、とてもかわいがっていた。「ウーウー」という名前をつけて、どこに行くにもいっしょにつれていっていたけれど、ある日、メアリーはそのぬいぐるみを電車に置き忘れてしまった！　それからクマのぬいぐるみは、何人もの子どもたちのものになって、数十年もすぎたあるクリスマスの日に奇跡が起こる……。

この絵本を翻訳しながらぼくが思ったことは、ぬいぐるみのクマは、じつはネグレストを受けた子どもの象徴と考えられないか、ということだった。

クマのぬいぐるみは、いろいろな家庭に迎えられ、かわいがられ、大切にされるが、しばらくすると子どもの成長もあって忘れられてしまう。

クマのぬいぐるみは「だれかむかえにきてよ」と訴えながら、リサイクルショップのかたわらでひっそりとしている。

深読みをしすぎているかもしれない。原書の文章にはけっしてそのような文章は書いていないから、ぼくは素直に翻訳している。ただ、いろいろなメッセージの可能性を考えることは大切なことで、編集者ともゆっくりと時間をかけた話し合った。メールのやりとりではなく、直接会って考えを交換した。話すことで文章が大幅に変わることはなかったけれど、絵本に対する気持ちが深まったと思う。話すって大事なことなんだなあ。

2020年の2月末には、『ようこそ！　ここはみんなのがっこうだよ』（アレクザーンドラ・ペンフォールド／作、スーザン・カウフマン／絵、すずき出版）という絵本が出た。いつもの4月だったら、ピカピカの1年生が新しいランドセルを背負って入学式を迎えていたはずなのに。コロナ禍の中、入学式があった学校でも、ひっそりとしていたみたいだ。

この仕事の目処（めど）がついた冬には、こんな事態になるなんて、思いもしなかった。この絵本の翻訳を依頼されたのは、2019年の秋だった。送られてきた原書は、まだカラーコピーだったのだが、カラフルなイラストが楽しくて、子どもたちが生き生きとしている。

気持ちがよい絵本だなあ、というのが第一印象だった。とくにストーリーがあるわけではなくて、子どもたち、そして保護者たち、先生たちの学校での生活を紹介している。こんな学校だったら、もういちど行きたいなあ、と根っからの学校ぎらいなぼくも行きたくなる学校だ。

イラストを見ながら、テキストを読んでみる。ああ、なるほど、気持ちがよい理由がわかってくる。

この絵本への思いを作者たちが書いているので紹介したい。この絵本ができたのは、イラストレーター、スーザン・カウフマンが、娘の通っているシアトルのキンボール小学校のためにポスターを描いたことがきっかけになっている。

キンボール小学校では、さまざまなバックグラウンドを持った生徒たちが、おたがいを認め合って楽しく学校生活を送っている。

スーザンはキンボール小学校のために、子どもたちを歓迎するポスターを描いた。どんなポスターなんだろう？　と気になって検索してみた。

「ALL ARE WELCOME」という文字の下に子どもたちがハグをしようと手をひろげている。肌の色、服装もさまざまだ。

このポスターが話題になって、ほかの小学校にも飾られるようになった。やがてアメリカ中の小学校に広がっていった。

そしてポスターを見たニューヨークに住むアレクザーンドラは、ブルックリンにある小学校を思い浮かべた。そして、生き生きとした子どもたちのすがたを思い描きながら、ひと晩で、この絵本のテキストを書き上げたという。

絵本を開くと、まだ始業前なのかな、子どもたちがそれぞれに思い思いのかっこうでおしゃべりをしている。心地よいバラバラ感がある。学校にくる前にお祈りをするイスラム教の子もいて、スカーフで頭を覆っている。最初の部分にこの子がお祈りをしている絵があるのは、きっと大きな意味があるのだろう。

教室にある世界地図で子どもたちが自分が生まれた国を指差している。この教室には、遠いところにある、いろいろな国からやってきた子が何人もいるんだ。

目が不自由なのか、サングラスの子もいるし、車いすに乗っている子もいる。さまざまな境遇の子どもたちがみんないっしょに授業を受けている。

いろいろな家庭の子どもが来ている。

ゲイらしいカップルが子どもと手をつないで学校にやってくる。いろんな人種、宗教を越えて多様性の素晴らしさを、さりげなく伝えている絵本だった。

アメリカの学校では、ポットラックという料理を持ち寄るパーティーがあるそうだ。

それぞれの家庭で料理を作って、家族そろって学校に行く。豆のスープがおいしそうだ。体育館に集まって、大パーティー！　テーブルにはいろんな料理がのっている。

日本にもこんな学校があったらなあ！

そんな気持ちでこの絵本を翻訳した。


この絵本のクライマックスは、見開きで「ようこそ」を日本語、中国語、ロシア語、タガログ語、デンマーク語、スペイン語、フランス語、スロベニア語、ヘブライ語、パンジャーブ語、ウェールズ語、クルド語、トルコ語、アラビア語、韓国語、ギリシア語、イタリア語、英語、スウェーデン語、ポルトガル語、ヒンディー語、アイルランド語、ポーランド語、ドイツ語と24の言語で紹介していることだ。

原書には、文字だけが書いてあるだけだったのだが、せっかくだから、どこの国の言葉か、そして発音も載せようということになった。

発音はカタカナで表記することになったので、言語の発音どおりというわけにはいかないけれど、子どもたちに少しでも興味を持ってほしいので、「日本語のカナに置き換えられない音がある」ことを注意書きとしてつけることにした。

といっても、原書には文字だけで書いてあるだけだから、いったい何語なのかもわからないし、そしてどのように発音するのかはまったくわからない。

編集担当の人といっしょに調べることにした。

インターネットで各国の「ようこそ」を調べていく。見慣れた文字だと「何語かな」と見当をつけられるのだけれども、中東、アフリカなどまったくわからない。どこの言語かがわかっても発音がわからない。

インターネットのおかげでいろんな言語を現地の人が発音しているサイトがあって、ある程度はわかるのだが、ただ「ようこそ」というフレーズがないことも多い。翻訳の時間より、この〝調査〟のほうが時間がかかった。

毎日のように編集者とメールをやりとりして、お互いに調べたことを報告しあって、少しずつ進めていった。調べていくあいだに、原書のつづりのまちがいを見つけたこともあったっけ。

クルド語の「ようこそ」が最後までわからなかった。調べると東京外国語大学でクルド語の講座を開いていることがわかった。日本クルド友好協会があることもわかった。

さて、どうしよう。以前、『マップス』の仕事をしたときにわかったのだが、公的な機関に問い合わせた場合、意外に時間がかかることが多い。

締め切りは迫っていて、ここで時間をロスするのは避けたいところだった。

さらに調べると、クルド料理の店があることがわかった。クルドの人がいれば、「ようこそ」と発音してもらうだけでいいのだから、それがいちばんてっとり早いだろう。東京の十条にある「メソポタミア」という店だった。

店は、十条駅のすぐそばにあった。ランチどきは混んで迷惑だろうから、カフェタイムに訪れることにした。線路沿いのビルの2階、小さな店だった。せまい階段を上がって、ドアを開けると、店主らしい人が「いらっしゃい」と声をかけてくれた。

クルミとゴマのヨーグルトケーキを注文して、しばらく店に置いてあるクルド民族関係の本をパラパラとめくった。

クルド民族についての冊子が置いてあって、メソポタミアという歴史的な文明を持ちながら、国を失い、現在は苦しい状況にあることを伝えている。この店は、クルド料理だけでなく、クルドの文化、そして現状を伝えるための場所でもあるようだ。

手がすいたようなので、店主に声をかけて、「絵本に使うのだけど、発音を教えてほしい」とお願いした。突然「ようこそ」の発音を聞かれて戸惑ったようだけれど、ニコリとして「ブ ヘル ハティ」と教えてくれた。

帰り際、挨拶をすると「困ったことがあったら、なんでも聞いてください」と店主が名刺をくれた。ワッカス・チョーラクさんといって東京外語大学で講座を持っている先生だった。

一冊の絵本から、さまざまなメッセージを受け取ることがある。多様性を認める学校の絵本が全米で話題になった。だけど、それはまだ多様性が認められないことが多くあることの裏返しなのかもしれない。

日本では、どうだろう？　入管法改正案の問題を見ても、日本は移民に冷たい国であることを認めざるを得ないし、ＬＧＢＴＱ＋についても国は認めようとしない。多様性が認められる日はいつくるのだろう。

一冊の絵本がさまざまな思いを届けてくれた。

ひとりぼっちの
ちゃんと たべなさい

ライフ・ゴーズ・オン

百軒店物語

自分にとって一生を左右する大切な出会いがある。どんなに大切であるかは、そのときはわからないことも多い。ずいぶん時間が経過してからでないとわからない。ずっとあとになってから、「ああ、あのときだ」なんて思い出す。時、場所、そして人が、偶然なのか運命なのか出会うことがある。

高校生のころ、いつもモヤモヤした気持ちを抱えながら渋谷や新宿をうろついていた。友人に誘われて渋谷の百軒店に行ったのも、そのころだ。１９７０年代のはじめだから、もう50年も前のことになる。

いまでも渋谷の道玄坂を上っていくと右手にアーチが見える。「しぶや百軒店」と書いてあるアーチだ。そこは坂になっていて、ほんのちょっと行くと右には「渋谷道頓堀劇場」というストリップ劇場、左には人気ラーメン店「喜楽」がある。少し進むとカレー店

「ムルギー」が見えてくる。まっすぐ行くとクラシックの「名曲喫茶ライオン」もある。

「百軒店」は「ひゃっけんだな」と読む。いまはギラギラした風俗店ばかり並んでいるが、ぼくが通っていたころは、もう少し落ち着いていた。隠微な雰囲気はあったし、ラブホテルはたくさんあったけれど。

1973年、高校生だったぼくは、音楽好きな友人に教えてもらって百軒店に通うようになった。ジャズ喫茶やロック喫茶がいくつかあったからだ。ロック喫茶といえばライブもやっていた「BYG」が有名だったけれど、どういうわけかあまり行かなかったなあ。BYGはいまでもある。

もう一軒有名だったロック喫茶「ブラック・ホーク」には、ときどき行っていた。ロック喫茶といっても新宿にあるような暗くて怪しい雰囲気の店ではなく、いってみればロックやフォークを勉強する音楽教室のようなところだった。英国トラッドフォークを初めて聴いたのは、この店だった。ブラック・ホークは静かに音楽を聴く店だったから、うっかり友人と話をすると、お店の女の子が「お静かに」というボードを持ってやってくる。ブラック・ホークに行くときは、楽しむ、というより襟を正して勉強に行くような気持ちだった。

百軒店でいちばん通ったのが、「ギャルソン」だった。

ギャルソンには、ロックバンド「はちみつぱい」のメンバーや、あがた森魚、その周辺のミュージシャンが出入りしていた。高校生のぼくらは、すみっこのテーブルに座って、ミュージシャンたちが持ってきたレコードを聴いたり、音楽の話をするのを耳をすまして聞いていた。

いろんなレコードを聴いたなあ。リンダ・ロンシュタットを初めて聴いたのもギャルソンだった。たぶん『Silver Threads And Golden Needles』というアルバムだったと思う。当時、はちみつぱいのメンバーだった駒沢裕城さんが持ってきたのだと思う。ジャクソン・ブラウン、トム・ウェイツを知ったのもギャルソンでだったんじゃないかな。ギャルソンには、プロ、アマ問わず音楽好きが集まっていた。

ギャルソンは、たくさんのレコードを教えてくれたり、そしてプロのミュージシャンに会えるロックの聖地といえる場所だった。

そして、ぼくにとって重要な転機をもたらした人である末森英機さんと出会ったのもギャルソンだった。当時はみんな、ヒデキと呼んでいた。

ヒデキのことを話そう。

2歳ほど歳上のヒデキは、ギャルソンでウェイターとして働いていたらしい。「らしい」というのは、ぼくの記憶では、ヒデキが働いていた印象はなくて、いつもいっしょのテーブルにいて、酒を飲んで酔っぱらっていたからだ。

小柄で細身のジーンズに白いシャツ、下駄を履いていた。いま思うと、昔のフォーク好きの青年の典型的なスタイルだったな。

ヒデキはフォークシンガーで、ときどき自分で作った歌を聴かせてくれた。

ヒデキが日比谷の野外小音楽堂のコンサートに出ることになって、ぼくが伴奏したのを覚えている。

夏の暑い日、ふたりで百軒店の道ばたに座って練習した。メロディーも歌詞もかすかにしか思い出せないが「つばめ」という曲が美しかった。

あのころの百軒店のことを思い出すと、夏の日差しを浴びながらギターを弾いていた場面が頭に浮かんでくる。たった数十分のことだったのに、それがぼくの百軒店のイメージになっている。

高校を卒業してからは、ヒデキともいつのまにか疎遠になっていった。ギャルソンも閉店して、百軒店に行くこともなくなってしまった。

それから三十数年が経った。ぼくは偶然にヒデキと再会した。

ある日、フォークシンガー中川五郎さんのブログを読んでいたら、ヒデキの名前を見つけたのだ。名前の表記がちがっていて、英機のキが「樹」となっていたが、どう考えてもヒデキのことだと思った。ぼくの知人Kさんの名前も出ていて、どうやら仲がいいらしい。なんだか、いっぺんにギャルソンと百軒店のころがよみがえった気がした。


大型連休中の天気のいい日だった。たまたま通りがかった吉祥寺の駅前で、吉祥寺音楽祭というフェスが行われていた。吾妻光良&The Swinging Boppersのごきげんなステージを見ていると、Kさんが通りかかった。声をかけると、「そうそう、恭太くんがさがしていた、ヒデキがこいつだよ」と、ほろ酔いのKさんはいっしょに来ていた小柄な人の頭を叩(たた)きながらいった。

ひさしぶりに会ったヒデキは、当たり前だけど歳をとっていて、かつての美少年の姿はしていなかった。でも、きらきらしている目は、あのころのままだった。

ヒデキは、ぼくのことをまったく覚えていなかった。いっしょにコンサートをしたことも、ぼくが伴奏したことも、百軒店の道ばたで練習したことも覚えていなかった。

ぼくが会わなくなってから、ヒデキはアルコールが原因で死線をさまよい、入院したという。医者が驚くほど奇跡的にアルコール中毒を克服して、社会復帰したときには、まだらに記憶をなくしていたそうだ。

でもぼくと話しているうちに、共通の風景を見ていたこと、音楽を聴いていたこと、友人がいたことを思い出して、だんだんと失った記憶を埋められたようだった。

ぼくと再会したヒデキは、その後、あわてて友人に電話をしたという。30年前の、あのころ、かなりの乱暴者だったヒデキは、酒に酔っ払ってはけんかを繰り返していた。「おれ、ひょっとして吉上恭太ってやつ、殴ったことがあるかな？」と尋ねたという。どうやら、ぼくにお礼参りをされるのかも、と恐れたらしい。

だいじょうぶ、ぼくの名前は被害者リストになかった。

ヒデキは、詩人になっていた。『東京新事情』『鬼が花を嗅いでいる』（以上、アドリブ）、『詩集　天の猟犬』（れんが書房新社）、『幸福の入り江』（七月堂）とつぎつぎと詩集を出して評価も受けている。

詩は、あふれるように生まれるという。詩を読んでいると、あのころ、ヒデキの歌っている姿が浮かんでくる。そういえば知り合ったころも、歌詞は即興だったんじゃなかったかな。

再会してからすぐにヒデキの家に招かれた。百軒店のギャルソンの日々を思い出しながらギターを弾こうということだった。

あの日、ヒデキの家でギターを弾かなければ、いまのぼくはなかったにちがいない。ぼくはフローリングの床に座るとギターケースから、ギターを取り出した。チューニングが合っているかどうか、Eのコードを弾いてみる。そのとたん、ヒデキが歌い始めた。はっぴいえんどの曲だった。「空いろのくれよん」だったかな。

ぼくは、ヒデキの歌に合わせて、うろおぼえのコードを弾いて伴奏した。はっぴいえんど、はちみつぱい、高田渡など、70年代フォーク、ロックをつぎつぎと歌う。よくこんなにたくさんのメロディや歌詞を覚えているものだ。止まらない、止まらない！　3時間、ヒデキは歌い続けた。終わったときは、すっかり夕方になっていた。

人生の転機なんて、思いもよらないところからやってくる。

ぼくが50歳に近くなってから、再び、音楽を始めて歌い出したのはこの日がきっかけだった。この日から、ぼくの人生もすっかり変わった。

ヒデキの歌によって、長いあいだ、ぼくの胸の奥にとじこめられていた音楽の記憶が呼び起こされた。

ああ、またギターを弾きたいなあ。なんでこんなに楽しいことをやらないでいたんだろう？

そんなことを考えていたら、ヒデキは思いついたように提案した。

「ねえ、恭太くん、家で弾いているだけじゃ、もったいないよ。ライブに出なよ」とヒデキはぼくの歌を聞いてもいないのに、自分の企画したライブにぼくの名前を書き加えた。

ヒデキが企画したいろいろなライブで中川五郎さんやよしだよしこさん、今井忍さんという、いままでステージでしか聴けなかった人たちと共演する機会をもらえた。

尊敬するプレイヤーと共演できたことは、もちろんぼくにとって大きな出来事だったけれど、それよりも何度も挫折していた音楽をもういちど始めるきっかけをもらえたことが、ぼくの人生でもっとも大きな出来事だった。

アルコール中毒で入院中、ヒデキは聖書と出会った。いまでも一日の仕事を終えたあと、聖書の一節を読んでから眠りにつくのだという。

東日本大地震のあと、ヒデキは教会を通してボランティア活動を熱心に行ってきた。瓦礫（がれき）の除去や清掃などの作業だけではなく、ヒデキは再びギターを持ち歌い始めた。被災した人たちから、たくさんのリクエストがあったという。

いまでは「唄う狂犬ヒデキ」と名乗ってインドのタブラ奏者ディネーシュ・チャンドラ・ディヨンディさんといっしょにナマステ楽団を結成、毎日のようにライブをしている。詩を書き、祈り、人と会い、歌う。常に動き続ける人だ。

ヒデキのことを考えるとき、百軒店の夏の日を思い出す。偶然の出会いがさまざまな変化を生み出していく。人生って、こうやってまわり続けていくんだ。

いま百軒店は、東京都の「街並み再生地区」という計画でやがて消えていく運命だという。百軒店がぼくにとっての聖地でも、いま、ぼくが百軒店に行くことはめったにないのだから、再開発で新しい街になってしまうことに文句はいえないのかもしれない。

きっと日本の至る所で同じように街の風景が消えていくんだろう。

けっして美しい街並みではなくても、その風景は大切な街の時間の堆積なのではないのか。だれかにとって大切な風景にちがいない。人の心に残る風景を消してしまうことは、その人の人生を消してしまうことに通じるような気がする。

爆音の中の静寂　ノイズとの出会い

ノイズという音楽を知っているかな？　ノイズ、和訳すれば雑音になる。雑音が音楽になる？　と不思議に思う人がいるかもしれない。ノイズミュージックは音楽のジャンルのひとつとして成立しているが、実際にノイズという音楽を聴いた人の中には「こんなのは音楽じゃない、雑音だ」という人がたくさんいるような気がする。だって本当に「雑音」なのだから。

以前、SNSに「勝手に自分の『聴覚』に多大に影響を与えたレコードのアルバムカバー」を投稿していたことがある。子どものころに聴いていたポップスやジェイムス・テイラーやビートルズといったロックの名アルバムを投稿していたが、20枚目にGround-Zeroの『革命京劇』（1995年）を投稿している。

Ground-Zeroは大友良英のユニットで、内橋和久（ギター）、Sachiko.M（サンプラー）、ナスノミツル（ベース）、植村昌弘（ドラムス）、芳垣安洋（ドラムス）が参加している。

大友良英といえば、NHKの朝ドラ『あまちゃん』のテーマを作曲・演奏をして一躍有名になって紅白歌合戦にも出演しているから、だれでも知っているだろう。大河ドラマ『いだてん』もよかったし、ドラマ『エルピス』のサウンドトラックもかっこいい！

だが、『革命京劇』を聴くと『あまちゃん』のイメージとはだいぶちがう。言葉ではうまく説明できないけれど、混沌とした音楽というかノイズなのだ。中国の革命京劇をサンプリングしたサウンドコラージュにいろいろな楽器の「叫び声」が混じり合うカオスのような音が響きわたる。大友さんのギターが音の空間を切り裂くように入ってくる……。

レコードで聴いても興奮するのだけど、ノイズミュージックはやはりライブで聴くのがいちばんだと思う。

大友さんのライブを初めて見たのは、ずいぶん前のこと、たぶん1990年だったと思う。新宿の「ピットイン」だった。NO PROBLEMというユニットで、広瀬淳二（サックス、自作楽器）、LIM SOOWOONG（ジャンク）のトリオ編成だった。

じつはこの日まで、大友良英というミュージシャンのことはまったく知らなかった。その日、ぼくのお目当てはジョン・ゾーンだった。アメリカのサックス奏者で作曲家で、そのころぼくは大好きなギタリストのビル・フリゼールが参加しているネイキッド・シティというバンドの一員として知っていた。

ところが、お目当てのジョン・ゾーンはダブルブッキングをしたとのことで、ピットインのファーストステージには現れなかった。

大友良英が「ジョン・ゾーンを聴きに来た方は、チケット代を返しますよ」とアナウンスすると、LIM SOOWOONGが石油缶のようなもので作ったドラムセットを叩きながら、「ノー・プロブレム!」と叫んで演奏が始まった。

すごかった! 初めての音楽、というか体験だった。大友良英がターンテーブルにレコードをつぎつぎと載せて、サウンドコラージュを作り出す。クラシック音楽、演説、街頭の雑音などノイズが大音量であふれ出す。そこに、LIM SOOWOONGの手製ドラムの打撃音、広瀬淳二のサックスがからんでくる。

1時間ほどのステージを口をあんぐりあけたまま聴いた。音楽というより音の塊が襲いかかってくるようだった。まさにノイズ! だけれどもそれは音楽だった。メロディーもリズムも決まったものはなかったが、三人のミュージシャンはおたがいの音を聴き合って、反応して、そしてそこに自分の音をぶつけていった。爆音の中にいるのに、ぼくは静寂を感じていた。生まれて初めての体験だった。

セカンドステージにはジョン・ゾーンも加わったのだが、NO PROBLEMだけのほうが緊張感があってよかったことを覚えている。

このときの興奮が忘れられず、若い友人角田亜人くんに熱く語ったのだろう。まだ大学生だった角田くんは、大友良英のライブに行き、同じように夢中になった。そして、縁があって大友良英の運転手兼ローディーになってしまった。

やがてギターを売り飛ばして2台のターンテーブルを買いこんだ角田くんは、ぼくといっしょにデュオで練習するようになった。ふたりで練習スタジオに行くと、まずは角田くんがテーブルの上に2台のターンテーブルをセットする。レコードは、クラシックからロック、歌謡曲、それから競馬中継、『長嶋茂雄物語』など何十枚も用意している。ぼくは、音を歪(ひず)ませたり、反復させたりするギターエフェクターを十数台、床に並べる。練習といっても角田くんがターンテーブルにつぎつぎにレコードを載せて、音のコラージュを作り出し、それに合わせてぼくが爆音のギターで応える。それだけだった。それをテープに録音して大友さんに聞いてもらう。大友さんは、面倒くさがらずにきちんと聞いて「ギターの人、まだリズムが甘いな。サンバを聴くといい」などアドバイスをくれた。

そしてのちに「カルト・ジャンク・カフェ」というバンドを作ることになった。

ぼくは、いままでまったく知らなかったノイズの世界にどっぷり浸ることになった。

カルト・ジャンク・カフェというバンドを組んだのは、角田くんが大友さんからバンドを組んでみたら、とアドバイスを受けたのがきっかけだった。メンバーは、大谷安宏(ギター)、坂元一孝(キーボード)、角田亜人(ターンテーブル)、マイケル・ハートマン(ドラムス)、ブレント・グッツァイト(ベース)、それにギターがぼく、の6人。大谷さんは、コンピューター音楽でヨーロッパやアメリカで演奏をしているプレーヤー、坂元さんは当時、芸大の作曲科の学生だった。マイケルとブレントはシカゴで活動しているミュージシャンで、大友さんを訪ねて日本にやってきていた。

カルト・ジャンク・カフェが演奏活動をしたのは、1年ちょっとだったかな。活動期間は短かったけれど、充実した時間だった。みんなまじめで、毎週末のように大塚にある音楽スタジオを借りて、徹夜でセッションを続けた。曲はいちおうだれかが書いてくるのだけど、ほとんど意味がなく、マイケルがリズムパターンを出して、それに合わせて全員がノイズを出した。おたがいの音を聴いて、その音に反応して音を出していく、を続ける。

めちゃくちゃなのだけど、続けているうちに呼吸が合ってくるのか、「音楽」に感じられるようになっていく。スタジオのナイトパックを使って、ひと晩中、ほとんど休まずに演奏を続けた。夜が明けてからそばの牛丼屋で朝食を食べて、それぞれ家路に着く。楽しかったなあ。

高円寺のライブハウスなどで数回のライブをしたけれど、全員が揃うことはなかなかできなかった。

都内の「ショーボート」というライブハウスに出演したときが、いちばんいい感じの演奏だったかなあ。メンバーがおたがいの音を尊重しながら、演奏していて、音楽でコミュニケーションがとれていた。聴いてくれていた人にも、「音で絵を描いているようだった」といってもらえた。そう、演奏しているときは、抽象画を描いているイメージだった。ときには墨を使ったり、真っ赤な絵の具を使ったり、音楽というよりも絵画だった。

ただバンド活動は長く続かなかった。もともとちがう音楽的なバックグラウンドを持っていたし、それぞれの音楽志向もちがっていたので、演奏にもエゴが出てくるようになった。ステージ上で「おまえ、うるさいぞ！」「おまえこそ、うるさい！」といったいい争いも起こるようになった。ぼくにいわせると「両方ともかなり、うるさい」。ノイズなんだからしかたがないと思うけれどね。

そういうわけで最後にアルバムを作ろうということになった。ぼくは、そのころ父が事故で亡くなったり母の闘病などもあり、ほとんどバンド活動から離れていたけれど、レコーディングには参加できることになった。

レコーディングには、大友良英さんも参加してくれた。当日、大友さんはターンテーブルではなく、フェンダーの6弦ベースを持ってきていた。

「とくに決めごとはないんでしょ？　じゃ、やりましょう」と大友さんがいい、演奏はいつものとおり、ほとんど自由に音を出した。じつをいうとどんなふうに弾いていたのか、まったく覚えていない。ただ、CDとして完成した音を聴くと、「ああ、これぼくが弾いているみたいだな」と思う。「みたいだな」っていうのもへんだけど。ノイズの洪水だからね。

完成したCDは、編集をしているため、それなりに作りこんで曲として成り立っている。ぼくとしてはライブの臨場感がない分、退屈なのだけど。やはりノイズは、その場で「何かが起こる」ことなんだと思うなあ。『Cult Junk Cafe』というアルバムは、1996年、シカゴのジェントル・ジャイアントというレーベルから発売された。

ノイズを演奏しなくなってずいぶん経つけれど、いつかもういちど、やってみたい。80歳まで生きていられたら、ノイズを思いっきり爆音で演奏したいなあ。

ライフ・ゴーズ・オン

64歳の誕生日に友人からTシャツをもらった。胸に「When I'm 64」と書いてある。ビートルズの歌のタイトルだ。
「ぼくが年をとって、髪も薄くなっても、バレンタインや、誕生日のカードや、ワインなんかを送ってくれるかい？　ぼくが64歳になったときも」という歌。この歌を作ったとき、ポール・マッカートニーは、自分が老人になることなんか想像できなかったんじゃないかな。

60歳を超えて、いま思うことは、確かに体力は落ちているかもしれないが、正直いって、あまり変わらないってことだ。精神が若いとか、「少年の心を持った」なんて気色が悪いことをいうつもりはないけれど、頭の中は10代と変わらない。もちろん後悔していることもあるといえば、ある。

1960年代後半、「ナイス」というイングランド出身のロックバンドがあった。キーボード奏者のキース・エマーソンが在籍していたことで有名なバンドだった。そのバンドのセカンドアルバムは『Ars Longa, Vita Brevis』というタイトルがついていた。ヒポクラテスの著書『箴言(しんげん)』の一部をラテン語訳したものだという。邦題は『少年易老学難成』。小学生だったぼくに、父がこのタイトルの意味を知っているか、と聞いた。「少年老い易く学成り難しと読むんだ。若いと思っているうちにすぐ年をとってしまうが学問はなかなか成就しない。寸暇を惜しんで勉強せよ、という意味だよ」といった。こんなことをよく覚えているなんて、やはりこの言葉が身に染みているからだろうか。やれやれ、後悔先に立たず、とはこのことだ。

若いころ好きだったミュージシャンもそれなりの年齢になっているのに、昔と変わらずに、いや、熟成した音楽を聴かせてくれている。ポール・マッカートニーは、80歳を過ぎているけれど、いまだって素敵なアルバムを作って、コンサートをしている。ローリング・ストーンズも元気だな。ボブ・ディランだっていまだに新しい音楽を追求している。こうしてみると、ぼくが10代に夢中になったロックンローラーは、いまでも元気にロックしている。

ただ若々しいだけじゃなく、歳をとったことで、熟成したサウンドを聴かせてくれるみたいだ。ぼくの大好きなジェイムス・テイラーは『アメリカン・スタンダード』（2020年）で、古いスタンダードナンバーを自分の解釈で歌い、まるでオリジナルのような楽曲に仕上げている。

細野晴臣もポピュラー音楽の伝統を継承しながら、とても新鮮な音楽を創り出している。「古い」は、悪くないのだ。最近読んだ細野さんと横尾忠則との対談で、細野さんが「60歳は年寄りではなく、若者だ」といっていた。ふたりの対談を読んでいると、70歳、80歳になると別の世界が待っているらしい。うーん、楽しみだ。長生きをしなければ！

最近、やたらと過去の名作を高音質化したリイシュー盤がリリースされる。1970年くらいのアルバムが多い。「ああ、狙われているなー」と思いながら、ちょうど自分が音楽に目覚めた70年代のレコードだと、どうしても聴きたくなり、大枚をはたいてボックスセットを購入してしまう。

自分の人生を振り返っても、退屈な日々の記憶が蘇るだけなのだけど、こと音楽にかぎってはちがう。音楽に関してだけはいい時代に生まれ、豊かな人生を送ってきたと思う。

リマスタリングされて、音像がクリアになった音楽を聴いていると、音だけでなく、当時の空気までも再現されているような気がする。先日、ジョージ・ハリスンの『オール・シングス・マスト・パス』50周年記念ボックスセットを買った。

『オール・シングス・マスト・パス』は、1970年にリリースされたときはLP3枚組だった。中学生だったぼくには高価だったため、買えなかった。友だちに無理をいって借りてきたのだと思う。誰に借りたのかなあ、覚えていないけれど、紙のスリーブから、傷をつけないように、おそるおそるレコードを取り出したんだっけ。

そんなことを思い出しながら、CDをトレイに入れて聴き始めた。正直にいって、リマスターされて音がよくなったかどうかは、ぼくにはわからなかった。いや、名プロデューサーのフィル・スペクターが音作りをした当時のサウンドよりも、ジョージの声やギターがはっきり聞こえてくるような気がする。

久しぶりに聴く名盤は、当時の帯に書かれていたキャッチコピー「ロックの金字塔」というとおり、半世紀過ぎたいまでも素晴らしかった。

20年以上前に亡くなったジョージ・ハリスンの歌を聴きながら、「老化」は悪いことばかりじゃないな、と思うようになった。このジョージ・ハリスンの渾身の一作を、リリースしたばかりのリアルタイムで聴けたのは幸運なのだと思う。まだ中学生で音楽について知識があったわけではないが、「ロックの歴史」としてではなく、その音楽が生まれた瞬間（ではないが）を体験できたんだ。

いま、音楽の知識が少しついたぼくは、中学生のぼくに「ほら、ジョージったら、こんなかっこいいコード進行やってんだぜ」と教えながら、5枚のCDを聴き続ける。当然のことだけれど、この体験は若い人にはできないことで、歳をとるのも悪くないなあ、と思える数少ないことのひとつ、かな。

「オブ・ラ・ディ、オブ・ラ・ダ、ライフ・ゴーズ・オン」

こんなふうに人生は続くのだ。

ぼくたちは、
「戦争を知らない子供たち」だから

ワルシャワで自由について考えたこと

テレビ番組でタモリが2023年はどんな年になるか、と問われて、「新しい戦前になる」と答えたという。この発言がネット上で話題になってトレンドワードになった。きっとだれもが、日本がきな臭くなっているのを感じているのだと思う。

政府は防衛費増大、敵基地攻撃能力の保有などを閣議決定をしている。日本が再び戦争へと向かっていくようで、恐怖を覚える。

ぼくはぼんやりと、昔訪れたポーランドでの日々のことを思い出していた。そういえばブログにそのことを書いていたな、と読み返してみた。

2010年に、新宿の「シリウス」というギャラリーで杉山次郎太の写真展「ポーランドは滅びず」を見たときのことを書いていた。ワルシャワの人々をスナップした作品が並んでいる。人々は生き生きとして、そしてやっぱりワルシャワの女の子はきれいだった。

ぼくがワルシャワに行ったのは、もう40年近く前のこと。まだベルリンの壁は崩壊していなかった。1年前に戒厳令が解かれたばかりだった。

最近、ワルシャワに行った人は、その街の変貌ぶりをいろいろと教えてくれる。でも、杉山さんの写真に映っているのは、ぼくの知っているワルシャワのようだった、とブログには書いている。

ぼくが訪れたころのワルシャワはもちろん社会主義体制で、西側から来たぼくは街をぶらつくにも緊張していた。アパートで電話をかけると「この電話は盗聴されています」という音声が流れた。SF映画でも見ているような気分だった。

滞在中、たいていはワルシャワ大学の日本語科の学生や知り合いが案内をしてくれたので、なんの問題もなかったのだが。

いま、思い出すワルシャワの風景は、静かで美しい街で、季節が夏の終わりから秋だったこともあって、〝黄昏のヨーロッパ〟という雰囲気だった。通りは人が少なく、車も多くない。そして路面電車……古い映画を見ているような街だった。

慢性的に物資が不足して、レストランに行ってメニューを選んでも、「それはありません」といわれるだけで、結局食べられるのはスープだけだった。洋服店の店頭には商品が並んでいなかった。それでも、ワルシャワの女の子たちはなかなかのお洒落でファッションのセンスもよかった。女の子ばかり見ていたみたいだな。

ぼくはワルシャワ大学の学生トメクに街を案内してもらった。トメクは日本の軍事について研究をしていて、日本に帰ってから雑誌『丸』を送って欲しいと頼まれて、神保町の雑誌社に買いに行ったこともあった。

トメクはロック音楽のファンでワルシャワ中のレコードショップに連れて行ってくれて、ポーランドで注目されているバンドのレコードを教えてくれた。レコードの買い方は日本のシステムとはちがっていて、いや、レコードだけではなく、たいていの商品の買い方は日本とはちがっていた。

どの店でも、商品は店員のいるカウンターの後ろ側に並んでいる。客が店員に買いたい商品を告げると、店員は棚からその商品を持ってくる。客は商品を確認して買う。たとえば同じ型の商品がいくつか並んでいたとしても、客は選ぶことはできない。店員は、商品を客に見せるのだが、もし客が棚に並んでいる同じ型の製品に替えてほしいといっても、たいていの場合、その希望は叶えられない。店員にとっては、商品が売れようが売れまいがどうでもいいらしい。面倒くさいことは断るのがふつうのようだった。

ある人がギターを買おうと思って、店員に告げると、その店員は後ろに吊り下げてある何台かのギターのうち1台をカウンターに置いた。ギターを手に取ってみて、気に入らないところがあったので別のギターにしてくれ、といっても「だめだ」といわれてしまったらしい。

トメクはつぎからつぎへ、アルバムを店員に持ってこさせた。たぶん、十数枚になったと思う。「買いますか?」というトメク。目はぜったいに買いなさいといっている。これだけ買っても、日本円に換算すれば2000円ほどだった。

満足したような、でも、うらやましそうにしているトメクの顔を見て、ぼくはうしろめたい気持ちになる。おそらくポーランドの人には買えない値段だっただろう。

のちに日本へ留学したトメクに日本のロックについて聞いたことがある。

「日本には、ロックはありませんね。いいと思えるのは、せいぜいCharぐらいかな。社会がちがいます。こんなにめぐまれた社会からはロックは生まれませんよ」とトメクはいった。ぼくが鮎川誠のレコードを聴かせると、「これはロックです!」といったのがうれしかったのを覚えている。

あのころのワルシャワに住む若者の息苦しさ、閉塞感は、ぼくの理解を超えたところにあったのだろう。

のちに在日本大使になったワルシャワ大学教授ヘンリク・リプシッツ氏の息子さん、パーベルさんともいっしょにワルシャワを歩いた。彼は英米文学を勉強していて、英語が堪能。音楽もロックからジャズ、レゲエと知識が豊富だった。いまは腕利き編集者、翻訳家として活躍しているらしい。

レゲエのバンドが練習しているかもしれない、とパーベル。「パーティーみたいなもんさ、酒やいろんな〝もの〟もあるしさ。わかるだろ？」と意味深な微笑みを浮かべて歩き出した。

だが、途中で気が変わったのか、「音楽に興味があるなら、音楽家の家に行ってみよう」といって、作曲をしている人のアパートに連れて行ってくれた。たぶん、かなり有名なミュージシャンなんだろう。

彼の部屋の一角はスタジオになっている。映画やCMの音楽を作っているという。

「最近は、便利な楽器を手に入れたので、録音が楽になったよ。苦労して手に入れたんだ。メイドインジャパンの楽器だよ」

そういって見せてくれたのは、カシオのシンセサイザーだった。それも当時、中学生でも持っていそうな「カシオトーン」という安価なものだった。

彼はそのキーボードを弾いてみせて、「ほら、いろんな音色が出るだろ?」といいながら、自嘲的に笑って、ため息をついた。

ワルシャワの街をひとまわりしてパーベルの部屋に行った。パーベルは、煙草に火をつけて小さなポータブルレコードプレーヤーにドーナツ盤のレコードを載せた。

「ロックのレコードはなかなか手に入らないんだ。だからラジオでウィーンあたりの放送を聴くんだ」

レコードが回り始め、音楽が流れる。ドアーズだった。「Light My Fire」。レイ・マンザレクのオルガンが部屋に満たされて、小さな窓からワルシャワの街に飛んでいく。その音符を追いかけるようにパーベルは空を見つめる。

「Stupid(バカバカしい)」

パーベルがつぶやいた。

これから日本はどんな国になっていくのか。ぼくたちに自由は残されるのだろうか。

『てぶくろ』という絵本

二冊の絵本のことを考えて、ずっともやもやした気持ちが続いている。

ロシア軍がウクライナに侵攻した日から、SNSのタイムラインに絵本『てぶくろ』（エウゲーニー・M・ラチョフ／絵、うちだりさこ／訳、福音館書店）の書影がつぎつぎと投稿された。

ああ、そうか！ 『てぶくろ』はウクライナの民話だった。

『てぶくろ』は、母、内田莉莎子が1965年に翻訳した絵本だ。

おじいさんが森の中に落とした片方の手袋。雪の上に落ちていた手袋にネズミが住みこんで、そこへ、カエルやウサギやキツネがつぎつぎとやってきて、「わたしもいれて」「ぼくもいれて」と、みんながてぶくろに入ってしまう、素朴な民話だ。

てぶくろにこんなにたくさんの動物が入るのかな、と思ったり、お話のおしまいに動物たちがいっせいに逃げ出すところがおかしくて、子どもだったぼくも『てぶくろ』は大好きな絵本だった。

　そしてもう一冊、ロシアの昔話『おおきなかぶ』（A・トルストイ／再話、内田莉沙子／訳、佐藤忠良／絵、福音館書店）も書店の棚に並べて置かれるようになった。『おおきなかぶ』は、大きなかぶをおじいさん、おばあさん、むすめ、犬、猫、ネズミたちがみんなで力を合わせて抜く話。1966年に出版された母の代表作のひとつだ。佐藤忠良さんの力強く、楽しい絵もこの絵本の魅力だろう。いまでも幼稚園などで児童劇になるなど、ロシアの昔話のスタンダードとなっているようだ。ときどきぼくのところにも、幼稚園の子どもたちが「うんとこしょ　どっこいしょ」とかぶをひっぱっている写真が届くことがあった。

　二冊とも母、内田莉莎子が翻訳、再話した絵本で、ぼくにとっても子どものころから、親しみのある絵本だった。若かった母にとっても大切な作品だった。


　ロシアがウクライナに軍事侵攻をした日から、この二冊の絵本は「平和の願いをこめて読む絵本」といわれるようになった。

『てぶくろ』は人種、文化のちがう人々が分かち合う心を持つこと、『おおきなかぶ』は困難を力を合わせて克服しようというメッセージとなっている、と解説されているのを新聞で読んだ。

ぼくが初めて読んだときは、けっして「平和のメッセージ」などとは思わなかった。もちろん、平和を願う書店の取り組みは尊いと思うのだけど、楽しく、おもしろいはずの昔話が「戦地の絵本」として注目を浴びていることが悲しい。『てぶくろ』『おおきなかぶ』が悲惨な戦争とともに子どもたちに記憶されてしまうのは、どうにもやるせない気持ちでいっぱいになる。絵本にとっても子どもたちにとっても悲劇だと思う。

もちろん『おおきなかぶ』にも『てぶくろ』にも深いところでメッセージがこめられている。『てぶくろ』はロシアの代表的絵本作家であるエウゲーニー・M・ラチョフの絵が大きな魅力になっているが、ラチョフはウサギをはじめとする動物たちに民族衣装を着せている。それは民族の多様性を描きたかったからだといっている。『てぶくろ』という絵本が、こんなに長いあいだ、愛されているのはこんな理由があるからなのかもしれない。

内田莉莎子にとって、ロシアもウクライナも大切な人々が住む、昔話の国であるにちがいない。いま『てぶくろ』がこのようなかたちで注目されることになったのは、母にとって胸が張り裂けるほど辛いことだろう。

57年前、『てぶくろ』を翻訳するときに、きっと母はウクライナの人々や暮らしのことを想像していただろう。いま、『てぶくろ』を幼いころに聞いて育ったウクライナの人々が死の恐怖に怯えている。そして侵攻するロシアの戦車に乗っているのは、母が愛したロシアの昔話を聞きながら眠りについただろう若者たちだ。もしかしたら、同じ昔話を聞いて育った人々が戦っているのかもしれない。

母はほかにもウクライナの絵本を出している。『わらのうし』（内田莉莎子／文、ワレンチン・ゴルディチューク／絵、福音館書店）と『セルコ』（内田莉莎子／文、ワレンチン・ゴルディチューク／絵、福音館書店）という二冊の絵本は、どちらも画家ワレンチン・ゴルディチュークの作品だ。

ゴルディチュークさんはソ連時代にソ連政府の専属画家として、外国元首の似顔絵を描く仕事をしていた。ソ連崩壊後、故郷のウクライナに戻った。そして子ども時代に親しんだ昔話を絵本に描いた。

それが「貧しい老夫婦がわらで作った牛で、クマとオオカミとキツネを捕まえるが、逃がしてやったお礼にハチミツやヒツジやニワトリを手に入れ、幸せに暮らす」という、ウクライナで最も愛されているという昔話を描いた『わらのうし』だった。そして、もう一冊、「年をとって飼い主に追い出された犬のセルコとオオカミの友情の物語『セルコ』。どちらも迫力のある絵が魅力の絵本だった。残念ながら二冊とも現在は品切れになっているが、晩年の母の大きな仕事だったと思う。

当時の編集者の方からメールをいただいた。そのメールには、キエフにいるゴルディチュークさんからメッセージが届いたとあった。

それは、ウクライナの現状を伝える悲痛な叫びのような文章だった。

年老いた画家は、戦うこともできず、逃げることもできず、いまはただ描くことしかない、と。


ロシアのウクライナ侵攻が始まって1年半以上になる。いつ終わるとも知れない戦争はだれが望んだのだろう?

母は教条主義的なもの、説教くさい話をきらっていて、自分が翻訳した絵本や童話を教育的な題材にされるのも苦手だった。素朴に言葉のリズムやお話の展開をおもしろがってくれればいい、と思っていたようだった。

子どもたちが心から楽しく絵本を読める日が来ることを願っているにちがいない。

ぼくたちは、「戦争を知らない子供たち」だから

「戦争を知らない子供たち」という歌がある。１９７０年にリリースされたフォークソングで作詞は北山修、作曲は杉田二郎。ジローズが歌ってヒットした。

当時はベトナム戦争があって、日本からアメリカの兵士たちがベトナムに飛び立っていた。反戦運動が盛り上がって、この「戦争を知らない子供たち」という歌も反戦歌として歌われた。

「戦争を知らない子供たち」がヒットしたころのことを思い出した。ぼくはテレビやラジオから流れるこの歌をどんな気持ちで聴いていたんだろう。

反戦歌として歌われたといわれていたけれど、生意気な中学生だったぼくはこの歌を反戦歌としてとらえていなかった。「青空が好きで、花びらが好きで……」なんていう歌詞が甘く感じられたし、歌っていたジローズのふたりの青年はまじめな好青年過ぎて、「不良志向」が強かったぼくは反感を覚えていたんだろう。

いま、この歌を聴くと北山修が歌詞に込めた思いが伝わってくる。世の中を変えようとしても、平和な世界を作ろうとしても大きな力に跳ね返されてしまう若者の気持ちを描いているのがわかる。

ぼくが生まれたとき、戦争が終わって12年が過ぎていた。決して裕福とはいえないが、あのころの写真を見ると、父も母も希望に満ちていて、笑顔がまぶしいくらいだ。戦争から解放されて、未来に向かって生きられることに喜びを感じている。そんな表情だ。

父は陸軍士官学校に行ったが、すでに戦闘機は1機もなく、飛行訓練はしなかったといっていた。上官にいじめられたこと、仲間がミスをして共同責任で真冬に冷たい川に入れられたこと、馬が可愛かったこと、それが父が教えてくれた戦争の話だった。

幸い、父は出征することなく終戦を迎えた。

「戦争が終わってぼくらは生まれた」と北山修がいうように、ぼくたちは「戦争を知らない子供たち」だけど、それでも子どものころは戦争がまだ身近にあった。

まだ〝戦後〟だった。

ぼくは都心には住んでいなかったので、めったに見かけなかったが、新宿や上野など大きな駅には傷痍軍人たちが立っていた。日本軍の白い病衣を着て、軍帽をかぶっていた。片足がない人や、腕に包帯を巻いた人。よく見ると手の先がないこともあった。アコーディオンで軍歌を弾いている人たちもいた。

人々は見て見ぬふりをしているのか、無関心そうに通りすぎていった。子どもの目には、白装束の兵隊や、アコーディオンの音が不気味でこわかったことを覚えている。

小学校の朝礼では、小松先生が大きな声で「みんな、朝はきちんと爆撃してから学校に来るように！」とあいさつした。それからぼくたちのあいだでは、トイレに行くことを〝爆撃〟というようになった。

小学校には、特攻隊の生き残りだった先生もいた。

長田先生から授業を受けることはなかったのだが、小柄でなで肩、顔はしわだらけで、見た目はとてもこわかった。いま考えるとそれほどの年齢ではなかったはずだ。特攻するために飛び立ったのだが、戦闘機が故障して不時着してしまったという。そんな話をたんたんと話してくれた。

長田先生は戦争の悲惨さを伝えたかったにちがいないが、あまりにたんたんとしていて、そのときはよくわからなかった。ちっともドラマチックではなかったからだ。それはアニメや漫画の『0戦はやと』や『紫電改のタカ』のように、悲劇のヒーローという話ではなかった。それでも物静かな長田先生の目を忘れることはない。それは怒りではなくて、悲しみだったような気がする。だれかを責めるのではなく、悲しさだけを訴えているように感じた。

長田先生は声高に戦争の悲劇を語ることはなかったけれど、その目から言葉以上のことが子どものぼくに伝わったのだと思う。いま、どうしていらっしゃるのだろう？

そういえば戦争のことを話すとき、たんたんと話す人が多かった。高校時代、生物の石川先生は、戦艦大和に乗っていたという。甲板で尿意をもよおしたが、あまりに広い甲板で便所までまに合わなかったという笑い話をしていた。

石川先生は意識して悲惨な話はしなかったようだ。ただ月に1度は、授業から脱線して戦争の話になった。ぼくたちは教科書から離れられるというだけで、石川先生の戦争の話を歓迎した。

「きみたちね、けっして青いバナナを生で食べてはいけないよ。ひどい目にあうから」。南方に行って食料がなくなり、木になっているバナナを食べて、ひどい下痢をした話だった。教室のぼくたちは大笑いをしていたが、あのとき石川先生はどんな気持ちだったんだろう。

石川先生もたんたんと戦争の話をしたが、話しながら目は遠くを見つめていた。石川先生の目もまた、いまも忘れることがない。あのころは、まだ戦争が身近にあったのだ。

日本が戦争に敗れて80年近く経とうとしている。ぼくにとって平凡に静かに生活することは当たり前のことになっていた。銃を持たされて戦線に立つことなどあり得ないことだった。

でもそれは当たり前のことじゃない。

あれから世界ではたくさんの戦争があった。それでも日本は戦争に巻きこまれずにこられたのは、平和憲法のおかげだろう。

ぼくは、いままでその平和憲法がいかに大切なものなのか、意識していなかった。

『「くうき」が僕らを呑みこむ前に』（山田健太／著、たまむらさちこ／絵、理論社）という本がある。本の最初は、兵士が横たわっている小さなイラストで始まる。

静かな絵だ。でもページをめくっていくと「まさか　こんなふうに　死ぬなんて」と書いてある。兵士は死んでいるのだ。なぜ、自分が死ぬことになったのかわからないままに。

絵本作家たまむらさちこさんの洒落（しゃれ）たやわらかい絵で描かれているが、「兵士になろうとは思っていなかった」ふつうの人が、なぜ死ななければならなかったか、そして、それは未来の「きみ」かもしれない、と書かれている。もしかしたら気がつかないうちに兵士にされて、戦地に行くかもしれないと。

この本を読んだとき、ぼくは重たい気持ちになった。

若い「きみ」を戦地に送るのは、年寄りのぼくだからだ。「戦争を知らない子供たち」として平和を謳歌しているうちに、日本はまた戦争をする国になろうとしている。戦争を知らずに育ち、戦争の恐ろしさを知らない政治家たちを、ぼくたちは選んでしまったのだ。

そして政治家たちは「くうき」を操って、日本を戦争に導こうとしている。

ロシアのウクライナ侵攻があり、また中国が台湾に侵攻するのではないかと恐怖心を煽り、日本政府は軍備を増強した。憲法を変えて「戦争」をできる国にしようとしている。

政治家たちは戦争のリアリティーを感じられず、その恐ろしさを知らない。すべてを数字だけで判断する。国民一人ひとりの命など数字でしかないのだろう。

ぼくは戦争を体験した人たちの目を思い出す。ひとりの力では抗うことできなかった、悔しさと悲しみを伝える目が忘れられない。

電話ボックスとちいさな切り株

目の前の雑事ばかりに追い立てられる慌ただしい日々が続いている。疲れがたまってくると、自分がなくなってしまうような気がする。そんなとき、ふと、ある光景が浮かんできた。頭の中に現れたのは、ぼくがものを考えたり、想像したりするようになった原点となったともいえる場所だった。

小学校、中学校を過ごした学校のエントランスわきにあった、電話ボックスとちいさな切り株。切り株は腰かけるのにちょうどよい大きさだった。切り株には、Oくんがいつも腰かけていた。ぼくは傍らに立ってOくんの話に耳を傾けながら宇宙や、人体や、未来のことに思いをはせていた。

今日は一日、Oくんのことを思って過ごしたい、なぜかそんなことを考えていた。

Oくんに会ったのは、小学校4年生のときだった。ある朝、先生がクラスに広島からやってきた転校生を紹介した。それがOくんだった。背が高くて大きな少年だった。どんなあいさつをしたのかは、よく覚えていない。ただ先生がOくんは体が弱くて、はげしい運動はできないという話をした。なんでもけがをすると出血がなかなか止まらないという。あとでOくんは血友病らしい、と両親が話していたのを聞いた。

体育の授業はいつも見学をしていたけれど、Oくんは頭がよくて物知りだった。成績はいつもトップクラス、話題も豊富だから、Oくんの机のまわりにはいつもクラスメイトが集まっていた。Oくんはすぐにクラスに溶けこんだ。ぼくもOくんと話したくて昼休みにはいつもいっしょにいた。

頭がいいといえば、理科の時間は、Oくんの独壇場だった。先生が問題を出すと、生徒たちは答えを考えて、それぞれの意見を発表する。どの意見が正しいか、生徒たちは討論を繰りひろげる。Oくんは自分の意見を論理的に説明していく。ぼくたちはすっかりOくんの自信たっぷりの弁舌に魅了されてしまう。そしてOくんの意見が正しいと信じこむ。

問題はそれからだった。先生が「それでは意見が変わった人はいませんか？」と聞くと、ほとんどの生徒はOくんの意見に従うと手をあげる。ところが、そのときOくんが「ぼく、意見を変えます」と、それまでとまったく逆の意見を主張する。ぼくたちは、あっけにとられてしまうのだが、実験の結果は、Oくんのいうとおりになった。Oくんは最初から、ぼくたちをひっかけるつもりだったようだ。

いまから考えると、まだ小学生なのにずいぶんひねくれたやつだったなあ。でも、すこしもいやな感じがない。「してやったり」とOくんがにっこりすると、ぼくたちもいっしょになって笑ってしまった。

Oくんは長い距離を歩くことができない。それでおかあさんが車で送り迎えをしていた。授業が終わるとOくんは、学校のエントランスの横にある電話ボックスから、おかあさんに連絡する。そして電話ボックスの横にある切り株に座って、おかあさんが運転するパブリカを待っている。大型の車ではなく、トヨタの大衆車のパブリカというのも印象的だった。大きなOくんが体を折り曲げるようにして、小さな車に乗りこむすがたがいまでも目に浮かぶ。

Oくんのかたわらに立って、迎えの車が来るのをいっしょに待つのがぼくの日課だった。

Oくんは一冊のノートを大事にしていた。A4サイズのリングノートで、表紙は緑色をしていた。その表紙の中央に「M」と書いてある。「M」は、いったいなんの略だったんだろう？　〝ミステリー〟だったのかな。よく覚えていない。

　Oくんは、そのノートに自分が研究した科学の知識を細かく書いていた。惑星の配列に始まって、惑星の大きさの比較、土星の輪の正体、木星はガスでできているとか、イラストや図とともに書きこんでいた。百科事典からの知識が多かったのだろうけれど、「ねえ、ブラックホールって知ってる？」と目をきらきらさせながら、ぼくに聞いた。それからノートを開いて解説をはじめる。

　宇宙のことだけじゃない。あるときは「マクロファージってなんだかわかる？」なんて聞いてくる。マクロファージは、自然免疫において重要な役割を担っている細胞のことで、体内に侵入した細菌などの異物を食べて、人体が細菌感染するのを防いでいる……この知識は『ミクロの決死圏』というSF映画を見て知ったようだった。

　東京オリンピックのマラソンで優勝した、エチオピアのアベベ選手が食べていた昆虫の話をしてくれたこともある。「ほら、この虫だよ」と瓶に入った干からびたこおろぎのような虫を見せてくれたような覚えがあるなあ。さすがにぼくには食べる勇気がなかったけれど。あれは本物だったんだろうか？

　どこでそんなことを調べるのかわからない。でも2世紀ごろ、エチオピアではバッタを常食していたという。いまみたいにインターネットがなかった時代、Oくんは科学雑誌を読んでいたんだろうか？

こんなふうにおかあさんが学校に着くまでの20分か30分、Oくんの話を聞きながら過ごした。

科学の話だけじゃなくて、ビートルズの話もしたことがある。Oくんには音楽好きのお兄さんがいたから、ビートルズのレコードを何枚も持っていた。

「『ペイパーバック・ライター』って曲があるだろ？　ペイパーバックライターってなんだかわかる？」

そのころのぼくはビートルズのレコードも持っていなくて、ラジオでかかるのを聞いたことがあるだけだったし、もちろんタイトルや歌詞の意味などわかるはずもなかった。

Oくんは得意そうな顔をしていった。

「ペイパーって紙だろ。たぶん、原稿用紙のことだよ。バックはうしろという意味。ライターっていうのは小説家のことなんだ。だからペイパーバックライターって、原稿用紙をあとにした小説家ってことなんだ。小説を書けなくなった小説家って意味なんだと思うよ」

ぼくはOくんの英語力に感心するしかなかった。「ペイパーバック・ライター」が作家志望の男が編集者に売りこんでいる歌だと知るのは、だいぶあとのことだった。

Oくんはだれよりも早くギターが弾けるようになった。担任の先生のリクエストに応えて古賀政男の「影を慕いて」を弾いたこともある。そうだ！　吉田拓郎を教えてくれたのもOくんだった。「マークⅡ」をかっこよく弾いてくれた。

こうしてみると、あのころのぼくはOくんのあとばかり追っていたような気がする。

Oくんとぼくは別々の高校に進学したので、あまり会うことはなくなった。最後に話したのは電話だった。Oくんは医学者になるという夢を叶えようと医学生になっていた。ぼくは将来の夢もはっきりとせず悶々としていたころだった。ただ、漠然とした夢だった音楽を続けたいと話した。Oくんは「だいじょうぶ、きっとうまくいくから。音楽家になれるよ」といってくれた。電話の声を聞きながら、ぼくの頭の中にはあの切り株に座ったOくんのすがたがあった。

それから何年かして、Oくんはインターンとして働いていた病院で倒れた。「脳出血のようだ」と自分自身で診断したという。まだ20代、夢半ばの死だった。

あの電話ボックスの横にある切り株は、いまでもあるのだろうか。表紙にMと書かれた緑色のリングノートは残っているのだろうか？

あとがきにかえて　着古したTシャツのような

古書店の棚をボーっと眺めていたら、都築響一の『捨てられないTシャツ』（筑摩書房）という写真集が目にとまった。都築響一が70名の人に取材して、70枚の「捨てられないTシャツ」を集めて、それぞれのエピソードを収めた写真集だ。本に紹介されている、色褪せて擦り切れ、穴があいてしまいそうなTシャツを見ながら、ぼくの人生ってこんなTシャツみたいだな、と思った。

他人にはボロキレにしか見えないだろうけれど、肌になじんでいてなかなか捨てることができないTシャツ、それがぼくの人生だ。他人にはきっと情けない人生だろうけれど、ぼくにとっては愛着のある人生だ。

父がふともらした言葉を思い出す。

「人生というのは、何を成し遂げたとか、人に認められることで、その価値を決められるものではない」

父がなぜ、そんなことをいったのかはわからない。尋ねてもそんな言葉をいったかどうかもきっと覚えていなかっただろう。いつまでたっても、うだつの上がらない息子のことを気遣ったのかもしれない。

もう何十年も前のことだが、最近、この言葉をよく思い出す。ぼく自身が父が亡くなった年齢に近くなったからかもしれない。

親戚に「おまえは、ずいぶん好き勝手に生きてきたんだから、いつ死んでも悔いはないだろう」といわれたことがある。

ぼくは野心や大志など持たずに流されるように生きてきた。大義名分のために生きたり、死んだりするのは御免こうむりたいし、「本当にいやなこと」はぜったいにやらないことを信条にしてきた。

「好き勝手に生きてきた」というより、いやなことから逃げてばかりの人生だったのかもしれない。

そんな人生を振り返るなんて意味のないことだと思っていた。ところが原稿を書いていたら、いつのまにか過去のことばかり書いていた。

過去のことを書いてみると、いつも中途半端で「やり遂げたこと」なんてひとつもないことがわかる。原稿を書きながら、恥ずかしくて穴があったら入りたいと思ったことが何度もあった。穴を掘りすぎてブラジルに着いてしまいそうだ。

それでも書いたのは、残りの人生を生きるために必要だと思ったからだ。自分の殻を脱ぎ捨てたい、いままで生きてきてこびりついた澱（おり）のようなものを流してしまいたかった。他人に自慢できることなんて何もないし、若い人に人生の指針を示すような言葉も持たないぼくだけれど、自分をさらけ出すことで何か参考になることがあるかもしれない。

野心や大志は持たなかったけれど、小さな夢はいつも持っていた。ギターが少しだけうまくなるとか、楽しい曲を作りたいとか、新しい友人をつくるとか……いまでもそれは変わらない。

ぼくの人生は、ぼくだけのものではない。たくさんの人と出会い、たくさんの出来事が重なって、ぼくの人生はできあがっている。

これからのぼくに残された少ない時間、光り輝く未来だけが待っているわけではないだろう。それでも、たとえどんなに小さくても夢を持って生きていこうと思っている。

とりあえずギターを弾こう。

かもがわ出版の天野みかさんに本を作りませんか、と声をかけていただいてから3年も経ってしまった。何が書けるかもわからず、思いつくままにキーボードを叩（たた）いた。まるで、羅針盤を持たずに航海に出たようだった。灯台の光に導かれるように、少しずつ港が見えてきたのは、ついこのあいだのような気がする。ぶじに帰港できたのは、みかさんのアドバイスのおかげです。素晴らしい航海の機会を与えてもらえて感謝です。

装画を担当してくれた漫画家・山川直人さんとは、20年近くの付き合いになる。CDのジャケットを描いてもらったこともある。年に数回、会って話すだけだけれど、ぼくが音楽を続けているのは、「50歳を過ぎてから音楽を始めるなんて、だれでもできることじゃない。始めてしまったからには、続ける責任があるんです」という山川さんの言葉のおかげだ。

ブックデザインの土屋みづほさんに初めて会ったのは、小さな音楽イベントだった。そのときは、いっしょに本を作ることができるなんて考えてもいなかった。

人生というのは、こうやって人と出会って、新しいことが始まるものみたいだ。

吉上恭太

2023年8月

著者略歴
吉上恭太（よしがみ きょうた）
1957年東京に生まれる。週刊誌・児童書の編集者を経て、フリーランスのライターとして児童書の翻訳、編集、少女漫画の原作などをして現在に至る。また50歳を過ぎてから音楽活動を始め、これまでに2枚のCDアルバムをリリースしている。
翻訳書：『だめだめ、デイジー』『ちゃんとたべなさい』（以上、小峰書店）、『おねえさんになるひ』『ひとりぼっちのかいぶつといしのうさぎ』『あめのひ』『かぜのひ』（以上、徳間書店）、『ようこそ！　ここはみんなのがっこうだよ』（すずき出版）ほか多数。

ぼくは「ぼく」でしか生きられない
——役に立たない〝人生論〟

2023年10月20日　初版第1刷発行

著　者　吉上恭太

発行者　竹村正治
発行所　株式会社 かもがわ出版
〒602-8119　京都市上京区堀川通出水西入
TEL 075-432-2868　FAX 075-432-2869
振替　01010-5-12436
http://www.kamogawa.co.jp
印刷所　シナノ書籍印刷株式会社

ISBN978-4-7803-1299-7　C0095　Printed in Japan